떠드니까 아이다

극한직업 초등 선생님들을 위하여

백설아 에세이

떠드니까 아이다

백설아 에세이

작가의 말

창밖으로 아이들이 떠드는 소리가 들린다.

아이들이 떠드는 소리가

행복하게 들리지 않는다면

아마도 나는 몹시 피곤하거나 슬프거나

의욕이 없거나 자신이 없어서일 수 있다.

가까이 있는 사람과 사랑을 주고받듯이

가까이 있는 사람일수록 상처도 주고받는다.

오르락내리락 삶의 굴곡과 함께

오롯이 우리의 모든 것이 된 아이들

아이들 곁을 지키는 선생님

조잘조잘 떠드는 아이들 곁에서

아프지 말고

잘 살기로

약속해요.

백설아

차례

프롤로그

옆반 선생님을 위한 교실 에세이

이 책은 교육 경력 34년 차 백설 샘이 새내기를 거쳐 4년 차에 접어든 예빈 샘에게 공들여 쓴 이야기입니다. 아이들 곁에서 아이들을 지키는 이 땅의 K-선생님에게 눈물로 눈물을 위로하는 글입니다.

올해에도 새내기 선생님들이 낯선 곳에 발령을 받았습니다. 집을 구하는 것을 시작으로 교사로서의 삶이 시작됩니다. 바퀴벌레가 출몰하는 허름한 원룸에서 사회 생활을 시작하는 사회초년생의 눈망울이 안쓰럽습니다.

"무엇을 아는지 무엇을 모르는지 모르겠어요."

새내기 선생님들은 막막합니다. 그 옛날 내가 느꼈던 막막함이 고스란히 전해집니다. 막막하고, 불안한 청춘에게 토닥토닥 고마워하는 내 마음을 전하고 싶었습니다. 시간을 '분'과 '초' 단위로 쪼개어 쓰는 학교의 일상은 겪어 본 사람만이 압니다. 늘 각자의 일로 바쁘고 긴장의 연속입니다.

예빈 샘은 새내기일 때 만나 지금은 어엿한 4년 차 선생님입니다. 나는 일상 수업을 선생님들과 공유합니다. 예빈 샘 반에서도 학급의 아이들과 수업을 하였습니다. 내 수업을 보고 난 후 예빈 샘은 나에게 질문을 하였습니다.

"집중하지 않는 아이는 어떻게 해야 하지요?"

예빈 샘의 질문은 절실하였습니다. 나는 내 생각을 쓰기 시작했는데 내용을 조금 더 쓰고 또 쓰다 보니 자꾸만 분량이 늘어나게 되었습니다. 그러니까 이 책은 예빈 샘의 질문에 대한 답인 셈입니다.

예빈 샘의 질문은 '집중하지 않는 아이는 어떻게 해야 하지요?'였지만, 질문하는 그 내면에는 더 좋은 선생님이 되고 싶은 선생님의 열망이 담겨 있었습니다.

5부의 제목은 라이너 마리아 릴케의 '젊은 시인에게 보내는 편지'를 오마주하였습니다. '책에 샘 이름을 넣어도 돼요?'라고 물었더니, 명랑 쾌활한 예빈 샘은 '완전 좋아요!'라며 박수를 칩니다.

나의 젊은 한 시절처럼 교실에서 아이들을 만나는 많은 선생님의 눈물을 봅니다. 이 글은 치열하게 교실을 지키며 살아가는 이름 없는 선생님들에게 드리는 헌사이기도 합니다. 그 누가 알아주지 않아도 묵묵히 교실에서 아이들을 돌보며 헌신하는 많은 선생님들의 이야기를 변주처럼 들려주려 합니다.

선생님과 함께하면 바빠도 바쁘지 않습니다.

이제는 이것이 나의 삶이 되었고,
나는 나의 삶을 사랑하기로 했습니다.
선생님과 함께라면
바빠도 바쁘지 않아요.

1부

죽겠구나 싶을 때 방학이 찾아온다네

쳇바퀴 도는 삶 사랑하기

어릴 적 나의 꿈은 선생님이 되는 것이었습니다. 아주 짧은 한순간의 느낌이 그 시작이었습니다. 초등학교 6학년 쉬는 시간이었을 겁니다. 지금 생각해 보면 우리 반 선생님은 마치 영화 〈러브레터〉(이와이 슌지 감독) 속 후지이 이츠키가 커튼이 펄럭거리는 도서관 창가에서 책을 읽던 장면처럼 햇살을 받으며 『난장이가 쏘아올린 작은 공』(조세희)을 읽고 계셨죠. 나는 설명할 순 없었지만 부러운 마음이 들었습니다. 선생님이 되어 저렇게 책을 읽으면 좋겠다 생각했지요. 도종환 님의 "아직도 내 꿈은 아이들의 좋은 선생님이 되는 거"라는 시구와는 조금 다른 차원의 꿈이었습니다. 교육이나 아이들을 생각하기보다는 그저 좋아 보이는 것, 그 이상도 이하도 아니었습니다. 막연하고도 강렬한 한 장면에 꽂힌 거죠.

내가 중학생일 때 강원도 태백 장성 광업소에 다니던 아빠는 대책 없이 직장을 그만두었습니다. 우리 가족은 태백을 떠나 안동으로 이사를 왔습니다. 집안 사정이 나빠졌다는 것을 눈치챘습니다. 심상치 않은 분위기에 나는 고등학교를 인문계 대신 상업고등학교로 진학을 하였습니다. 1980년대 우리나라의 오 남매 중 맏이라면 흔히 갖는 마음 '동생들을 위해 빨리 취업을 해서 돈을 벌어 보겠다'는 생각이었죠. 지금도 고마운 것은 부모님이 내 결정을 존중해 준 것입니다. 내가 상고를 가겠다고 할 때에도 크게 반대하지 않았고, 마음이 바뀌어 대학을 가겠다고 할 때에도 하고 싶은 대로 하라고 믿어 주었습니다.

상고에서 취업을 준비하던 고2 겨울 방학 무렵 문득 나는 '어떻게 살 것인가?'를 깊이 고민하기 시작했습니다. 고등학교를 졸업하고 은행에 취직해 하루 종일 숫자와 씨름하는 모습은 내가 원하는 모습이 아니었습니다. '동생들을 위해 취업을 하겠다!'고 생각했던 나는 아이러니하게도 '동생들을 위해 진학을 하겠다'로 마음이 바뀝니다. 내가 열심히 사는 모습을 보여 주는 것이 취직을 해서 경제적으로 돕는 것보다 더 동생들을 위한 것이라는 생각을 했던 거죠. 합리화일까요? 아마도 하고 싶은 일은 해야 할 이유를 찾고, 하기 싫은 일은 하기 싫은 이유를 찾듯이 내 삶을 후회하거나 공연히 동생들을 원망하고 싶지 않았기에 들었던 생각인지도 모릅니다. 겨울 방학 한 달 동안의 깊은 고민 끝에 진학반 마지막 학생으로 들어가게 되었고, 대학 진학을 위한 공부를 맹렬히 시작하였습니다. 주산, 부기, 타자 급수를 따며 취직 공부를 하던 것을 모두 멈추고 1년간 온 힘을 다해 학력고사 공부를 했습니다.

목표가 뚜렷할수록 몰입이 쉽다는 것을 온몸으로 체험했던 일 년이었습니다. 당시의 경험은 저에게 큰 교훈을 남겼습니다. 공부를 하던 당시에는 괴롭고 힘들었을 텐데 지나고 보니 재미를 느꼈던 순간이 더 많이 떠오릅니다. 운이 좋게도 나는 그토록 원하던 교사가 되었습니다.

하지만 교사가 된 기쁨도 잠시, 인생이 늘 그렇듯 새로운 고난이 시작되었습니다. 아침에 일어나 학교에 가는 것이 마치 도살장에 끌려 가는 소마냥 괴로웠습니다. 이른 아침부터 시작되는 규칙적인 하루 일과도 힘들었지만 아이들을 천사라 생각했던 것이 무너지는 데는 채 한 달도 걸리지 않았습니다. 왜 그렇게 다투는지, 왜 자꾸 거짓

말을 하고, 왜 자꾸 일러 주고, 왜 자꾸 삐치는지, 왜 자꾸 숙제도 안 해 오는지. 수업 준비는 밤새워 해도 시간이 부족하고, 나는 아이들에게 화를 내기 시작하였습니다. 내가 이것밖에 안 되는구나 부족한 능력에 괴롭고 비참하게 버티고 있었습니다.

나는 제대로 살고 싶었습니다. 내 생각과 내 마음을 단단하게 바꾸어야 했습니다. 좋은 선생님이 되고 싶었습니다. 좋은 선생님? 그것 그렇게 쉬운 일 아니야. 나를 비웃듯 세월은 성큼성큼 흘렀습니다. 아이들에게 미안해서 안 되겠다. 아니 어쩌면 아이들을 위해서가 아니라 나를 위해서. 더 잘 살고 싶고 좀더 제대로 살고 싶은 나를 위하여 '좋은 선생님'이 되어야겠다고 마음먹었습니다.

조금씩 아주 조금씩 오로지 지난한 시간만이 나를 단련시켜 주었습니다. 10년, 20년, 30년. 꿈을 꾸는 듯 시간이 훌쩍 흘렀습니다. 지금 나의 꿈은 여전히 좋은 선생님이 되는 것입니다. 30년을 훌쩍 넘긴 지금도 여전히 좋은 선생님이 되기를 꿈꿀 수 있어 천만다행입니다. 그동안 행복했던 순간을 떠올려 봅니다.

❖ 아이들과 웃으며 즐겁게 공부할 때
❖ 책을 뒤적이고 수업 자료를 꼼꼼하게 준비한 후 아이들을 만날 때
❖ 동료 선생님들과 수업 이야기, 아이들 이야기를 나누며 공감할 때
❖ 수업 중에 아이들이 서로 도와 가며 열심히 공부를 할 때
❖ 아이들의 말과 행동, 결과물이 내가 기대하는 대로 나타날 때
❖ 아이들이 진지하게 수업에 참여하며 인내심을 갖고 목표를 향해 나갈 때
❖ 아이들이 또 해요, 또 해요, 라며 적극적으로 참여할 때
❖ 아이들끼리 다툼이 생겼으나 서로의 잘못을 인정하고 화해 후 금방 다시 친하게 놀 때

수없이 많은 순간들이 감사하게 다가옵니다. 이제는 결

석 없이 모두 학교에 건강하게 나와 공부만 하여도 마음 깊은 곳에서 감사의 마음이 우러납니다.

"내년에도 우리를 가르쳐 주세요." 때로는 아이들이 그저 하는 말인 줄 알면서도 그 사소한 말에 감격하고 감동합니다.

아이들의 발달 단계를 이해하고, 아이들을 만나며 경험치가 쌓이면서 왜 그렇게 다투었는지, 왜 그렇게 공부를 싫어하는지, 왜 자꾸 거짓말을 하고, 왜 자꾸 일러 주고, 왜 자꾸 놀고만 싶어 하는지 조금씩 이해가 되었습니다. 아이만 그런 게 아니었습니다. 어른들도 똑같았습니다. 나 스스로 정진하며 아이들을 이해하지 못했던 지난날의 미숙함이 안쓰럽습니다. 허접하고 불안하던 시간들이 땔감이 되어 지금의 시간을 이해하는 거니까요. 경험을 해야 알 수 있는 나의 한계였기에 긴 시간이 지난 지금에야 알게 되는 선물이기에 이 시간이 더욱 고맙기만 합니다.

내가 가진 능력 이상의 과분한 선물 같은 순간이 있어서 오늘도 나는 내가 바라는 좋은 선생님이 되기 위해 아침

에 일어나 세수하고 학교로 갑니다. 나의 생존을 도와주
는 쳇바퀴 도는 이 삶을 사랑하기로 합니다.

나는 좋은 어른이 되고 있는가?

해마다 1월이면 새해를 준비하면서 몇 권의 책을 꺼내 듭니다. 그중에 언제나 가장 먼저 찾아보는 책이 있는데 그것은 바로 하임 기너트의 『교사와 학생 사이』(양철북) 입니다. 이스라엘의 교육부 자문위원을 지내기도 한 하임 기너트(Haim G. Gincott, 1922-1973)는 정신요법과 심리학 에 깊은 관심을 가지고 아이와 부모, 교사를 대상으로 활 발한 연구 활동을 펼쳤습니다. 『교사와 학생 사이』를 비 롯하여 『부모와 아이 사이』, 『부모와 십대 사이』 등의 책 은 지금도 우리나라에서 많은 독자들을 만나고 있습니다. 『교사와 학생 사이』는 교실 현장에서 맞닥뜨리는 다양한 상황을 교사가 어떻게 현명하게 대처할 것인지 심리학적 측면에서 다룬 책입니다. 1965년 출간된 이래 17개국에서 500만 부가 발행됐을 정도로 큰 호응을 얻고 있으며 2003 년에 재출간하기도 하였습니다.

나는 이 책을 처음부터 읽기도 하다가, 주제를 찾아 읽 기도 합니다. 특히 새해가 되면 새롭게 한 해를 시작하고 싶은 사람들이 일출을 보기 위해 산이며 바다로 떠나듯이, 처음 선생님이라 불리던, 떨리는 그 마음을 떠올리며 읽습니다.

이 책의 서문은 이렇게 이어집니다. "난 놀라운 결론에 도달했다. 교실의 분위기를 결정적으로 좌우하는 요인은 바로 나다. 나 한 사람의 태도에 따라 교실의 기후가 달라진다.(…) 상황이 어떻든, 내가 어떻게 대응하느냐에 따라 위기가 고조되거나, 완화되기도 하고, 아이가 인간다워지거나 인간다워지지 못하게 될 수도 있다."

벌써 50년 전의 글임에도 전혀 낯설지 않습니다.

"초등학교에는 냉소적인 사람이 발붙일 공간이 없어요. 어린 학생들에겐 튼튼한 영혼을 가진 어른들의 보호가 필요하거든요."(27쪽) 같은 문장은 내 가슴에 비수처럼 와 박혔습니다. 평소 잘 웃는 표정을 지닌 인상이라 다른 사람들은 잘 모르지만 사실 나 스스로가 매우 염세적인 편이었고, 세상을 냉소적으로 바라보았거든요.

교사는 아이들에게 희망을 이야기하는 사람이고 아이들을 소중하게 여기고 그들의 현재와 미래를 든든하게 지켜 주는 어른이어야 하겠죠. 아이들에게 긍정적인 삶의 철학과 가치관을 지닌 건강한 어른이 필요한 것은 너무도 자명한 일이지요. 드라마 〈나의 아저씨〉에서 이지은(이지안 역)을 지켜 주던 어른 이선균(박동훈 역)처럼 좋은 어른이 되기 위하여 노력하는 가운데 좋은 선생님이 될 수 있는 것이 아닐까 생각해 보았습니다.

어떤 사람이 어른일까요? 나는 세뱃돈을 받던 사람(a taker)에서 세뱃돈을 주는 사람(a giver)이 되는 순간 어른이라는 생각이 들었습니다. 교사가 되어 월급을 받던 그 순간부터, 결혼을 하여 가족들의 대소사와 일상을 챙기기 시작한 그 순간부터, 누군가에게 경제적으로든 마음으로든 무엇인가를 줄 때에 어른이라는 생각이 들었습니다. 그러고 보면 『몽실 언니』의 몽실은 열 살 때부터 어른처럼 살았네요. 우리네 할머니 할아버지처럼.

넘어져 다친 아이를 돌봐 줄 때, 헝클어진 아이의 머리를 빗어 줄 때, 지퍼를 올리다가 옷이 끼어서 낭패를 겪는 아이를 도와줄 때, 급식실에서 간편식 두껑을 따 줄 때, 우는 아이를 달래 줄 때, 친구들과의 관계에 어려움을 겪는 아이를 도와줄 때…… 참 소소해 보이지만 그럴 때 우리는 어른입니다.

사랑하는 것은 사랑받는 것보다 행복하다고 했지요. 나의 태도에 삶의 중요한 순간을 맡기고 있는 아이들을 바라보면서 '좋은 어른'의 삶을 살아가는 수많은 사람들처럼 나 역시 '좋은 어른'이 되어 보고자 오늘도 한 걸음 더 노력합니다.

산다는 것은 이렇게 견뎌내는 일

한때 퇴근 후 너무 피곤하여 잠시 눈을 붙였다가 일어나 저녁을 준비하던 때가 있었습니다. 어찌나 피곤한지 침을 질질 흘리며 잠을 잤습니다. 생각해 보면 평생 잠이 부족했습니다. 아이가 어릴 때에는 더 힘들었습니다. 아이를 기르는 행복만큼 고단함이 따라왔습니다. 당시에는 평균 5시간씩 잠을 잤던 것 같습니다. 아이들이 성장하면 괜찮을 줄 알았는데 신기한 것은 아이들이 다 큰 지금도 고단하기는 마찬가지입니다. 산다는 건 이렇게 고단함을 견디는 일이 아닐까 생각합니다. 삶이란 끝없는 문제 해결의 연속이니까요.

지금껏 잠이 오지 않아 힘든 적이 없었습니다. 언제나 잠이 부족하였습니다. 불면증으로 힘들어하는 사람들의 이야기를 들으며 '참 괴롭겠구나' 생각을 했을지언정, 사실 큰 공감이 되진 않았습니다. 학교의 업무를 집으로 가져오지 않는 날이 별로 없었습니다. 아이가 아주 어렸을 때에는 잠을 재운 후에 수업 준비를 하곤 했으니까요. 제사가 있는 날에 제사를 지내고 오면 새벽 2~3시가 보통이었습니다. 그래도 수업 준비를 해야 했습니다.

특히 내일 수업 준비가 덜 되어 있으면 마음은 더 바쁩니다. 나는 천천히 생각하며 일을 하는 스타일이라 다른 사람보다 두세 배의 시간이 더 필요합니다. 그만큼 시간이 더 필요하기에 부족한 일을 하느라 새벽 1~2시에 잠드는 것이 보통이었습니다. 아마 다른 직업을 가진 사람들도 대부분 비슷하겠지요. 학교에서 수업 준비를 할 수 있는 시간은 거의 없습니다. 처음 발령을 받았을 때 학교 시간표에 '교재 연구' 시간이 명시되어 있었습니다. 하지만 문서상에만 있었을 뿐 여전히 수업 준비는 퇴근 이후의 몫이었습니다. 그 삶이 곧 나아지리라 생각했었지만 그렇지 않았습니다.

어느 순간, 나는 깨달았습니다. 이것은 일의 모습이자 삶의 모습이었다는 것을. 누구에게도 인생은 만만하지 않습니다. 살아 있다면 시시포스의 신화처럼 일상이라는 돌을 굴려야 하는 운명이지요. 인생은 끊임없는 문제 해결의 연속인데, 불평만 하다가 내 인생을 이대로 끝내기는 싫었습니다. 이제야 나는 삶을 받아들이고 사랑하기로 했습니다.

권정생 선생님의 『밀짚잠자리』에도 나오듯 인생이란 '기쁘고 즐겁고, 또 무섭고 슬픈' 고단한 여행입니다. 고단하지 않으면 잠도 오지 않아요. 꿀잠을 잘 수 있는 고단한 하루 일과에 감사합니다. 휴식이 달콤한 것은 힘든 시간을 견뎌냈기에 가능한 일입니다. 자리에 누우면 금방 잠이 드는 나의 삶에 감사합니다. 어쩌면 이렇게 꿋꿋하고 끈질기게 견디는 수많은 시간들이 삶의 진짜 얼굴이었습니다. 삶의 어려움은 결코 나 혼자 겪는 것이 아닙니다. 살아 있는 모든 것이 겪어내야 하는 일입니다. 정말 힘들 때에는 '이 또한 지나가리라'라는 마음으로 지내기도 합니다. 죽을 듯이 고통스러웠던 일도 시간이 흐르면 조금씩 희미해지는 것을 겪어 보았으니까요. 하루하루를 오롯이 스스로의 호흡으로 열심히 살아가는 자 앞에서는 누구라도 숙연해질 것입니다. 이 세상 모든 사람들은 모두 어떤 날은 웃으며 즐겁게, 어떤 날은 최악의 기분으로 버티며 살아가고 있습니다.

　어릴 때 읽었던 모파상의『목걸이』가 생각납니다. 가난한 여인은 파티에 참석하기 위해 비싼 목걸이를 빌립니다. 그날 하루 아름다웠던 여인은 그만 목걸이를 잃어버리고, 비싼 목걸이 값을 배상하기 위해 몇 년에 걸쳐 일을 합니다. 우연히 목걸이를 빌려준 귀족 여인을 만난 이 여인은 그 목걸이가 가짜였다는 것을 듣고 놀라는 것으로 이야기가 끝이 납니다. 책을 읽을 십대 당시에는 인간의 허영심에 통쾌한 일갈을 하는 훌륭한 이야기로 감동을 받았습니다. 그런데 지금 생각해 보면 그렇지만도 않은 일입니다. 여인은 그동안 열심히 일했고 열심히 살았습니다. 어쩌면 목걸이가 주는 진지한 삶의 성찰이기도 합니다. 일한 뒤에 갖는 휴식이 얼마나 값진 것인지요. 쉬는 것도 하루 이틀이지 1년, 10년을 쉰다는 것은 오히려 고통 중의 고통일 것입니다. 오늘도 하루를 견디며 버틴 사람들에게 경의를 보냅니다.

이게 나의 일입니다!

『골든아워』를 쓴 이국종 교수의 TV 인터뷰가 기억납니다. 진행자가 "어떻게 그렇게 남들이 하지 못하는 일을 할 수 있느냐?"며 이국종 교수의 희생과 수고를 높이며 질문했습니다. 그때 이국종 교수는 다소 담담한 표정으로 이렇게 말합니다.

"이게 나의 일입니다."

묵직한 그의 말은 한참 동안 마음속에 남았습니다. 말 그대로 이 세상의 모든 사람들이 자신의 직업윤리를 상기하며 매일을 산다면 이 세상은 한층 성숙해질 수 있을 것입니다. 특별히 무엇을 더 하는 것이 아니라 나의 일, 나의 직업을 성찰하며 살아가는 것, 정말 중요한 일이라는 생각을 새삼 하였습니다.

다들 안정적인 직장이라고 하니 선생님이 되었을 수도 있고, 학생 시절 가장 많이 접하는 직업인이 교사다 보니 자연스럽게 교사의 꿈을 가졌을 수도 있습니다. 요즘은 다른 일을 하다가 뒤늦게 교사가 되기도 합니다. 우리는 저마다 다양한 이유로 교사가 되었습니다. 교실에서 아이들을 대하는 일은 사명감과 직업윤리 없이는 아마 매우 괴롭고 힘든 일이 될 것입니다.

〈라이브〉라는 TV 드라마가 있었습니다. 정유미(한정오 역), 이광수(염상수 역) 두 주인공은 직장을 구하지 못해 오랜 취업준비생 시절을 지나는 사람들이었습니다. 우연히 경찰공무원 시험에 지원하고 합격을 합니다. 드라마는 그들이 서툰 경찰로 입문을 하여 진정한 경찰로 성장해 나가는 이야기를 다룹니다. 취업을 하지 못하여 우연히 경찰에 지원했지만 경찰이 된 후 숱한 사건 사고를 처리하면서 업무에 대한 이해, 사람과 인생에 대한 이해가 깊어지고 조금씩 진정한 경찰로 성장해 나가는 얘기였습니다. 이 드라마를 보면서 교사로서의 삶이 겹쳐 보였습니다.

아이들은 삶의 시작 단계에 있기에 모든 것이 서툽니다. 가장 두려운 것은 나를 그대로 보고 배운다는 사실입니다. 나의 말보다는 나의 행동을 보고 배웁니다. 그러니 내가 가르치고 싶은 것이 있다면 내가 먼저 실천하고 있어야 하니 어렵고 고된 일입니다.

선생님.

참 설레고 두렵고 무거운 말입니다. 나는 아직 한참 부족한데, 나는 아직 부끄럽기만 한데, 아이들은 '선생님, 선생님' 하며 나를 따르고 나에게 인사하고 나에게 말을 겁니다. 이 아이들과 따뜻한 정을 주고받고 삶을 이야기하고 희망을 이야기하는 교사라는 나의 일. 참 감사한 일입니다. 그래서 나는 오늘도 내 작은 방 한편에 적어 놓은 메모를 보고 다시 힘을 내어 봅니다.

오늘도 아이들과 웃으며 공부할 수 있어서 감사합니다.

하루는 23시간!

　새내기 선생님을 만나면 빼놓지 않고 하는 말이 있습니다. 바로 '하루는 23시간'이라는 말입니다. 운동을 하는 시간 한 시간을 반드시 떼어 놓고, 하루를 23시간이라 생각하며 살라고 이야기합니다.

　아이들을 만나는 일은 대단한 에너지가 필요합니다. 마음의 에너지, 정신의 에너지도 중요하지만 신체 에너지가 정말 중요합니다. 건강하지 않으면 할 수 없는 일이 많지만 특히 아이들을 만나는 일은 더욱 그렇습니다. 자녀가 있는 어른이라면 특히 더 공감할 것입니다. 내가 아파서 집안일을 하지 못할 때 내 가족의 삶이 어떤지를 알 수 있듯이, 교실의 기후를 좌우하는 내가 건강하지 않으면 어떻게 좋은 교실을 만들 수 있을까요? 건강한 몸과 마음은 기본적인 요소이기도 하지만 건강하면 아이들에게 해 줄 수 있는 일이 생각보다 훨씬 더 많습니다.

　웃으며 관대하게 넘어갈 수 있는 일도 건강하지 않으면 문제 해결이 순조롭지 않습니다. 몸이 아프면 마음도 정신도 약해지기 마련입니다. 몸은 그릇과 같다는 생각이 듭니다. 그릇이 단단하면 고체도 액체도 잘 담을 수 있는 것처럼. 그릇을 키우면 더 많이 담을 수 있는 것처럼.

축구 선수도 기본 체력이 있어야 90분 풀타임 경기를 뛸 수 있습니다. 전반전에 열심히 뛰다가 후반전에 체력 고갈로 뛸 수 없다면 축구 선수라고 보기 어렵지요. 결국 인생은 체력입니다. 우리의 근육이 이야기해 줍니다. 아이들을 사랑하는 에너지는 나의 근육에 있습니다. 운동을 꼭 해야 합니다. 달리기, 등산, 요가, 헬스, 필라테스, 배구, 탁구, 배드민턴, 테니스 다 좋습니다. 내 몸에 맞고 나의 상황에 맞는 운동을 꼭 해야 합니다. 일찍 시작할수록 좋습니다. 내가 좋아하는 운동이면 다 좋습니다. 퇴근 후 한두 시간 운동을 하거나 매일 갈 시간이 안 되면 주 2~3회라도 좋습니다. 살기 위해 운동을 하는 겁니다.

운동을 할 때 가장 어려운 점 중의 하나는 운동화를 신고 문을 나서는 일입니다. 일단 집을 나서는 것. 피곤하고 귀찮을 때 조금 쉬고 싶은 그 마음만 이겨내면 반은 성공입니다. 밖에 운동을 하러 나갈 시간이 없으면 집에서 해도 됩니다. 유튜브 영상을 틀어 놓고 따라 해도 됩니다. 안 되면 뒤꿈치 들기 운동이라도 혼자 하면 좋습니다. 30분 하기 어려우면 5분씩 나누어서 틈틈이 하면 됩니다. 운동을 하는 습관이 우리에게 힘을 주고, 우리의 몸이 힘을 내면 마음도 정신도 힘을 냅니다.

드라마 〈나의 해방일지〉에서 김지원(염미정 역)이 손석구(구씨 역)에게 이런 말을 합니다.

"하루에 5분만 숨통 트여도 살 만하잖아. 편의점에 갔을 때 내가 문을 열어 주면 고맙습니다 하는 학생 때문에 7초 설레고, 아침에 눈 떴을 때 아 오늘 토요일이지 10초 설레고, 그렇게 하루에 5분만 채워요."

1층 교무실에서 3층 교실을 올라갈 때 건강한 계단 오르기를 2분 하는구나 생각하고, 학습 준비물 택배를 옮길 때 팔 근육 운동을 3분 하는구나 생각하는 겁니다.

7년 전 학교에서 얼마나 걷는가 재어 보았습니다. 평균 4천 보였습니다. 행사가 있거나 조금 바쁜 날은 7~8천 보였습니다. 유난히 이리저리 바삐 움직였을 때는 오늘은 1

만 보는 걸었겠구나 생각하는 겁니다. 일과 운동은 다르다고 핀잔을 받을지언정, 시간을 내기 어려운 나의 삶에서 나의 일을 나의 운동으로 바꾸어 생각해 보며 하루를 살아가는 겁니다.

운동을 해야 서른 명 가까운 아이들의 대단한 에너지를 받아들일 수 있는 체력이 되는 것입니다. 선생님이 힘이 좋아야 아이들을 감당할 수 있습니다. 선생님이 힘이 없으면 아이들을 조용히 시키려고만 한다거나 아이들에게 휘둘립니다. 아이들이 궁금한 것을 질문하고, 참여형으로 주도적으로 공부할 수 있도록 하려면 교사가 에너지를 가져야 합니다. 나의 에너지를 뿜뿜 나누어 줄 수 있어야 살아 있는 교실이 될 수 있습니다. 이 대단한 에너지의 생명체들과 함께하는 시간이야말로 최고의 인생 아닐까요?

햇빛 아래 걸어 보라

우리는 살면서 크고 작은 역경을 만납니다. 사람들 모두 힘든 일을 겪지만 이를 바라보는 방식도 이를 이겨내는 방식도 다양합니다. 어떤 사람은 왜 나에게 이런 일이 생길까 자책하고 더 힘든 상황으로 스스로를 끌고 가다 우울증에 걸리기도 합니다. 어떤 사람은 상황을 객관화하고 잊기도 하며 심지어 다행이라 여기고 감사해 하기도 합니다.

나를 찾아온 고통을 어떻게 바라볼 것인가에 따라 성숙한 방어기제를 가졌느냐 그렇지 않느냐 알 수 있을 것입니다. 어떤 상황, 어떤 사람인가에 따라 달라지는 삶의 모습들. 우리가 교실에서 아이들을 만나며 겪는 매일매일의 상황들을 건강하게 바라보며 이겨내기 위해서는 스트레스를 제대로 관리하는 것이 필요합니다. 일명 회복탄력성을 지니려면 사람의 생각과 마음과 육체가 모두 건강해야 합니다.

인생의 어려움을 어떻게 극복해 나갈까라는 큰 화두, 명제를 해결하고 싶은 내 앞에 아주 간단하고 단순한 단어

'산책'이라는 말이 서 있다는 것이 놀라웠습니다. 최성애 교수의 『회복탄력성』(해냄)이나 최인철 교수의 『프레임』(21세기북스)에서도 산책을 이야기합니다. 결국 힘들 때일수록 누워 있지 말고, 방에 있지 말고 밖으로 나와서 걸어 보라는 겁니다. 밖으로 나와 걷다 보면 햇빛과 구름과 푸른 하늘을 볼 수 있습니다. 길가의 꽃과 바람과 새들을 만날 수 있습니다.

산책도 좋고 등산도 좋습니다. 힘든 일이 있다면 더 큰 산을 오르내리는 것도 좋습니다. 대여섯 시간 등산을 한 그날은 몸이 힘들어 그냥 쓰러져 잠을 잘 것입니다. 집을 나서지 않았으면 온갖 잡념으로 괴로워했겠지만, 긴 산길을 걷느라 지치고 힘든 내 몸의 숨구멍으로 산의 바위와 나무와 꽃들이 들어옵니다. 고단한 내 몸을 돌보느라 부정적인 생각들은 들어올 틈이 적어집니다.

나는 마을 인근의 산을 많이 다녔습니다. 해발 600미터가 되지 않는 나지막한 산으로, 3시간이 채 안 걸립니다. 시골에 이사 온 지금은 일요일에 마을 뒤편 임도를 따라 두어 시간 걷습니다. 코로나19로 힘든 시간 엄마와 함께 문경새재도 많이 걸었습니다. 마음대로 모임을 하지 못하던 그때, 그렇게 함께할 수 있는 시간이 참 감사했습니다. 여행이라도 가려면 하루 2시간 정도는 거뜬하게 걸을 수 있는 체력이 되어야 합니다. 엄마와 함께 가고 싶은 곳을 이야기하면서 튼튼한 다리를 만들기 위해 노력합니다. 우리나라 곳곳에 걷기 좋은 길이 정말 많습니다. 가장 힘든 길은 방에서 현관까지입니다. 문만 열고 나서면 나머지는 쉽습니다. 운동화를 신고 문을 여세요. 걷다 보면 무엇이 삶인가 아주 약간 보이는 것 같습니다. 삶의 어려움을 잘 관리하기 위한 최고의 방법은 걷기입니다. 걸어야 살 수 있습니다. 햇빛 아래 걸어 보세요.

버킷 리스트

'우물쭈물하다가 내 이럴 줄 알았지.' 소설가이자 철학자인 버나드쇼의 묘비에 이런 글이 적혀 있다고 합니다. 언제나 너무 신중한 나머지 우유부단한 나에게 꼭 맞는 글입니다. 원문과 약간 다른 느낌이라는 주장이 있기는 하지만, 이 매력적인 문장은 우리나라 사람들에서 큰 사랑을 받고 있습니다.

우리나라의 천상병 시인은 우리의 삶을 소풍에 비유합니다. 「귀천」이라는 시에서 "나 하늘로 돌아가리라 아름다운 이 세상 소풍 끝내는 날 가서, 아름다웠더라고 말하리라"고 이야기합니다.

거대한 우주의 나이를 생각하면 우리가 살아가는 일, 생각보다 훨씬 짧다고 여겨집니다. 광대한 우주에 인간과 같은 생명체가 오히려 기이한 존재라고 생각하는 사람도 있습니다. 살아 있다는 것, 생각할수록 신기한 일입니다.

15년 전 영어 연수 중에 캐나다에서 온 원어민 선생님이 존 고다드의 '꿈의 목록'을 보여 주었습니다. '꿈의 목록'은 놀라웠습니다. 그 당시 두근거렸던 내 마음도 잊지 못합니다. '한 사람이 이렇게 꿈을 꿀 수도 있구나!' 감탄했습니다.

열일곱 살 소년 존 고다드는 로스앤젤레스에 있는 자기 집 식탁에 앉아 '나의 인생 목표'를 쓰기 시작했습니다. 그가 127가지의 인생 목표를 쓰게 된 것은 열다섯 살 때 자신의 할머니와 숙모가 대화하면서 "내가 젊었을 때 그걸 했더라면…" 하고 탄식하는 소리를 들었기 때문이었습니다. 그때 고다드는 결심했습니다. '나는 커서 그때 무엇을 했더라면… 하고 후회하지는 말아야지.'라고요. 존 고다드의 127가지 인생 목표를 모두 옮기고 싶지만 참습니다. 존 고다드의 꿈의 목록을 접한 그날 이후 나도 나의 버킷리스트를 적어 보았습니다. 그중 실제로 이루어진 것도 있으며 여전히 진행 중인 것도 있습니다.

❖ 감동을 주는 그림책 출간하기
❖ 후배를 위한 에세이 출간하기

❖ 엄마랑 스위스 여행하기

❖ 환상적인 오로라 보기

❖ 클래식 기타로 내가 좋아하는 곡 5곡 연주하기

❖ 우리 지역 탁구 대회 출전하기

❖ 독서 모임 20년 이상 하기

❖ 일요일마다 뒷산 걷기

마음먹고 적다 보면 127가지도 넘게 적을 것 같습니다.

하고 싶은 일, 가 보고 싶은 곳, 만나고 싶은 사람, 닮고 싶은 사람….

28년이 흐른 후 존 고다드는 자신이 세운 127가지의 목표를 모두 다 이루었고, 그의 이야기는 잡지에 소개되었습니다. 어른들이 살면서 하지 못한 일을 후회하는 것을 보고 자신은 실천에 옮겨 보리라 마음을 먹고 적어 내려간 목록들. 온갖 어려움에도 불구하고 하나하나 자신의 꿈을 실현해 나간 존 고다드는 새로운 꿈을 또 꾸면서 살았습니다.

꿈은 삶을 빛나게 합니다. 꿈이 있는 삶은 훨씬 더 즐겁습니다. 벽돌을 쌓으면서 '내가 왜 이 일을 하고 있나?' 생각하며 일하는 사람보다 내가 좋은 건물을 만들고 있다는 생각을 하는 사람이 행복합니다. 희망이 있는 삶은 행복합니다. 언제부터인가 내 버킷 리스트에 '에세이 쓰기'가 있었습니다. 글을 통해 내 삶의 의미도 찾고 싶었습니다. 글을 쓰려면 내 삶이 엉망이 되어선 곤란합니다. 삶이 엉망이면 당연히 글도 엉망이고 글을 쓸 자격도 얻기 힘듭니다. 엉망으로 살아가는 사람의 글을 누가 읽을까요? 권정생 선생님의 문학이 빛나는 건 그분의 삶이 아름답기에 더더욱 그렇게 여겨지는 것이 아닐까요. 제대로 열심히 살면서 삶을 가꾼다면 삶이 바로 서겠고, 꾸준히 책을 읽고 글을 쓰며 역량을 기른다면 글에도 내공이 생기겠지요. 우리 삶에 희망이 있다면 힘들고 어려워도 우린 살아갈 수 있습니다. 만약 히말라야 트레킹이라는 꿈이 있다면, 분명 오랜 시간 걸을 수 있는 체력을 기르기 위해 자신의 몸을 소홀히 하지 않을 것입니다.

드라마 〈청춘 시대〉 속 장면이 떠오릅니다. 한예리(진명 역)는 빚쟁이들에게 시달릴 만큼 어려운 집안 형편 때문에 졸업을 계속 미루고 있는 대학생이었습니다. 취업 준비와 동시에 파트타임 일을 하루에만 서너 가지씩 하면서 하루하루를 힘겹게 버티고 있었습니다. 어느 날 진명이 악착같이 일해 모은 돈으로 외국에 나가게 되었는데, 공항 게이트를 빠져나가는 진명을 보며 진명을 모르는 어떤 학생이 분명히 금수저일 거라고 부러워하는 장면이 나옵니다. 핑계를 대는 것은 사실은 하기 싫은 겁니다. 하고 싶은 일은 하는 겁니다. 그게 삶에 대한 예의가 아닐까 생각해 봅니다. 우물쭈물하지 말고 내가 하고 싶은 일을 해 봅시다.

You never know until you try.
네, 시도해 보기 전에는 절대 알 수 없는 게 인생이지요.

광대한 우주를 보러 가는 우주선

처음 비행기를 탔을 때의 두근거림이 생각납니다. 어린 날 『손오공』을 읽으며 나도 구름을 타고 싶다는 생각을 얼마나 많이 했는지요. 비록 구름은 아니지만 비행기를 타고 이렇게 높이 올라오다니! 게다가 구름을 내려다보다니! 오, 말도 안 되는 풍경들. 내 발밑의 구름이 정말 폭신한 솜이불처럼 나의 무게 정도는 버텨 주면서 떠 있는 것 같습니다. 신기합니다.

우주인은 광대한 우주를 볼 수 있습니다. 속도감을 느낄 수 있는 주변의 물체가 없어서 오로지 작아지는 지구의 크기만으로 우주선에 타고 있음을 안다는 우주인. 우주인이 되기 위한 훈련 중에는 좁은 우주선 안에서 오롯이 혼자인 시간을 견딜 수 있어야 하는 과정이 있답니다. 정말 놀랍습니다. 인생의 아이러니와 같습니다. 광대한 우주를 보기 위하여 좁은 우주선 안에서 견뎌내야 하는 사실이.

교실을 생각해 봅니다. 우리는 네모난 좁은 교실에서 아이들을 만납니다. 어찌 보면 좁은 우주선과도 같습니다. 하지만 그 네모난 작은 교실에서 우리는 무한한 우주를 꿈꿉니다. 아이들이 경험하는 지금의 소소한 일들은 모두 경험이며 추억이 될 것입니다. 나에게 한없이 작았던 일이 어떤 아이에게는 한없이 큰 기억이 되어 즐거울 수도 있고, 슬플 수도 있고, 행복할 수도 있고, 아플 수도 있습니다.

초등학교 시절 과학 수업 시간이었습니다.(국민학교의 자연 시간이었죠.) 태양계에 대해 공부하는 시간이었습니다. 당시에 교실에는 칠판과 교과서, 궤도밖에 없었습니다. 선생님이 엄지손톱만큼 작고 둥그런 행성 모형과 긴 실을 가지고 태양에서 수성까지, 태양에서 지구까지의 거리를 실의 길이를 통해 보여 주는 중이었습니다. 그런데 갑자기 선생님은 교실 밖까지 나가시더니 다른 행성까지의 거리를 보여 주었습니다. 저는 그 순간 깜짝 놀랐습니다. 상상을 초월한 태양계의 크기를 '쿵!' 놀라며 느꼈습니다. 태양계가 이렇게나 넓단 말인가? 그냥 막연하게 선생님이 설명하였다면 깨우치지 못할 일을 선생님의 발걸음과 실, 작은 자료를 통해서 깨우치던 그 순간의 희열을 아직도 기억합니다. 그래서 어쩌면 잠시 나도 천문학자가 되면 좋겠다, 별을 하루 종일 관측하고 싶다는 꿈을 꾸게 되었는지도 모릅니다. 꿈을 꾼다는 것은 참 행복한 일입니다.

중등 교사와 초등 교사는 아이들을 대하는 태도가 극과 극입니다. 알아서 하겠지 생각하는 중등 교사가 초등 교사를 이해하지 못할 때가 있습니다. 그런데 초등 교사가 '알아서 하겠지' 생각하면 사고가 납니다. 초등학교 1학년은 가정에서는 아직 아기나 다름없습니다. 밥을 먹여 주는 가정도 있을 테니까요. 이런 아이들이 급식실에서 자기 몸만 한 식판을 들고 식사하는 것부터 배워야 합니다. 숟가락 젓가락도 버거워 보이는 아이들을 '알아서 하겠지' 하는 시선으로 바라보면 큰일 납니다.

초등학교 아이들은 모든 일이 처음입니다. 교사는 알려 주고 알려 주고 또 알려 주어야 합니다. 초등 교사 최고의 덕목은 같은 말을 짜증 내지 않고 여러 번 할 수 있는 능력입니다. 어떤 교장 선생님은 '교사는 바늘에 조각을 할 정도로 섬세해야 한다'고 이야기합니다 실제 초등학교 교실은 그렇습니다. 이렇게 섬세하고 민감하게 살피지 않으면 큰일 납니다. 그렇게 정교한 보살핌을 받으며 1학년이 지나면 제법 학생 티가 납니다. 자리에 앉아서 수업을 듣는 의젓한 2학년이 되어 올라갑니다. 초등학교 6년의 기간 동안 정말 아이들이 많이 자랍니다.

망원경과 현미경이 공존하는 교실이라는 공간.

미래를 꿈꾸며 현재를 살아가는 우리 아이들.

우주만큼 꿈이 크고 넓을수록 우주선 안을 견디는 일이 더 힘들 수 있습니다.

우주선 안에서 작고도 큰일들을 처리하면서 광대한 우주를 곧 만나리라 기대해 봅니다.

죽겠구나 싶을 때 방학이 찾아온다네

아이들과 하고 싶은 일을 이야기해 보았습니다. 의사가 되고 싶어요, 회사원이 되고 싶어요, 그림을 그리고 싶어요, 운동을 하고 싶어요. 아직은 막연하지만 자신이 하고 싶은 일을 이야기합니다. 몇몇 아이들은 도박장 주인이 되고 싶어요, 건물주가 되고 싶어요, 돈 많은 백수가 되고 싶어요…라고도 이야기합니다. 아이들의 말은 그 사회가 어떤 생각을 지니고 있는지 알려 줍니다. 보고 듣고 배운 대로 따라 하니까요. 영화 속 악당을 보고 멋지다고 생각했을 수도 있지요.

세상에서 가장 힘든 일은 바로 '내가 하는 일', 세상에서 가장 쉬운 일은 '남이 하는 일'이 아닌가 생각합니다. 오후 5시에 문을 닫는 은행을 보고 일찍 마쳐서 좋겠다고 해 보세요. 아마 문을 닫고 하는 일이 더 많다고 이야기할 겁니다. 하루 매출이 엄청난 CEO를 보고 돈을 많이 벌어서 좋겠다고 해 보세요. 몇 시에 일어나는지 어떤 일을 하는지 책임자 자리에서 하루만 일해 보면 알 거라고 할 겁니다. 교사도 이러다 죽겠구나 싶을 때 방학이 찾아옵니다. 성적 처리를 마지막으로 1학기 수업을 마무리할 즈음에 한두 명씩 아프기 시작합니다. 방학을 하면 그다음 날은 몸살이 난 것처럼 앓았는데 알고 보니 많은 사람들이 비슷하였습니다. 긴장이 풀리면서 몸에서 휴식을 취해도 된다는 사인을 보내는 것 같습니다. 누울 자리를 보며 다리를 뻗는 걸까요?

서른 명 가까운 아이들과의 삶이 5개월가량 이어진 전반전 1학기를 마치고 잠시 쉬어 가는 휴식 시간. 방학 중에 스스로의 몸과 마음을 돌보며 건강해져야 다시 5개월 가까운 후반전 2학기를 잘 보낼 수 있습니다. 연수, 캠프, 2학기 준비로 분주하긴 해도 학기 중보다는 훨씬 여유로운 방학은 교사에게 있어 정말 큰 상입니다. 방학을 마치고 다시 만난 선생님들의 생기 있는 표정은 방학식날 보았던 초췌한 모습과는 판이하게 다른 것을 많이 볼 수 있습니다. "2학기를 잘 보낼 에너지를 갖고 왔어요."라고 말하는 듯한 밝은 표정을 보며 이렇게 준비한 에너지를 잘 나누어 사용하여 지쳐 쓰러지지 않고 2학기를 건강하게 지냈으면 하는 바람을 갖곤 합니다.

남편이 어깨 수술을 받아야 한다는 얘기를 들은 날, 나는 어쩐지 그동안 일상이 너무 평화로웠었다고 중얼거렸습니다. 내가 사자성어 중에 지독하게 동의하는 말이 있습니다. 새옹지마(塞翁之馬). 우리 삶이 바로 새옹지마이기 때문입니다. 언제나 우리의 삶에는 많은 일들이 일어나고 그 고비를 넘어서면 평화가 잠시 지속되다가 다시 또 고비를 만난다는 것을 이제는 압니다.

상과 벌은 흐릿한 경계를 지니고 있습니다. 모둠 활동에서 PPT 제작과 발표를 자신이 맡아 해야 한다고 투덜거리는 대학생이던 아이에게 이야기했습니다. 발표 자료를 만들고 발표를 하게 되면 누가 가장 실력이 성장할까? 놀고 있는 아이가 실력이 늘까, 발표 자료를 만들며 수고하는 너에게 도움이 될까. 삶을 자세히 들여다보면 상인 줄 알았는데 벌이고, 벌인 줄 알았지만 상인 것이 얼마나 많은지 모릅니다.

부와 명예를 거머쥐었던 사람이 파산하면 그 충격이 더 큽니다. 가난하고 소박하게 살던 사람보다 더 잘 살아도 자신의 과거를 떠올리며 지금의 처지를 견디기 힘들어합니다. 복권 당첨은 최악의 행운이라는 말이 있습니다. 실제로 미국 일리노이 주의 복권 당첨 1년 뒤의 결과를 살펴보니 당첨되지 않은 주변 이웃과 비교했을 때 행복감에 별 차이가 없었습니다. 오히려 세계적으로는 당첨 뒤 불행을 겪은 이들이 훨씬 더 많았습니다. 어쩌면 복권 당첨은 장기적 행복의 관점에서 보면 최악의 삶의 경험이 될 수도 있습니다. 하늘에 계신 나의 아버지는 일주일에 한 번 로또를 사서 그 희망으로 일주일을 견디곤 했습니다. 일확천금을 갖게 된다면 하고 싶은 일이 많지만, 정작 그만한 돈은 평생 일해도 모으기 어려운 뜬구름 같은 것이었지요. 신 김치와 두부 한 모 안주에 소주 한 병으로 하루의 행복을 찾곤 하셨지요.

내가 중고등학교를 다니던 그 시절은 학급 단체 벌이 많았습니다. 주로 팔을 올리거나 투명 의자에 앉거나 하는 벌이었는데, 최근 근력 운동을 위해 이런저런 운동을 찾아 해 보는 나에게 당시의 벌과 같은 자세는 헛웃음이 나오게 합니다. 집이 부자여서 어렸을 때 햄을 많이 먹은 친구가 있었습니다. 그 친구는 지금 통풍이 심합니다. 건강한 식습관을 갖고 있지 않아 애를 먹습니다. 무엇이 상이고 무엇이 벌인지 경계가 모호합니다. 쓴 약이 몸에 좋다고 말하는 것과도 같은 이치인가 봅니다. 달콤한 음식이 몸에 들어와 좋은 역할을 하는 경우는 별로 없으니까요. 삶은 그런 모습을 지녔나 봅니다.

　살다가 달콤한 순간을 만나면 물어봅니다. 이것은 진정한 상일지 생각해 봅니다. 살다가 힘든 순간을 만났을 때 그때에도 물어봅니다. 이 일이 어쩌면 상일 수도 있을 거라고.

어렵고도 힘들 겁니다.

조금만 더 버텨 주세요.

분명 보람 있고 행복한 순간을 만날 것입니다.

매일 절망과 좌절을 만나지만

그렇게 십 년, 이십 년이 지나는 어느 날

또다시 아침을 맞이하고

아이들을 사랑하고 걱정하며 곁을 지키는

선생님을 발견할 것입니다.

떠드니까 아이다

"아이들은 조용히 클 수 없다"는 멘트가 담긴 TV 광고를 보았습니다. 놀이터에서 줄넘기를 하는 아이, 소리를 지르며 뛰어다니는 아이를 가만히 보노라니 이 관대한 시선이 참으로 고맙다는 생각이 들었습니다. 저출산으로 아이들이 더 귀해지기도 했거니와 아이들을 바라보는 마음도 많이 바뀌었음을 느낍니다. 오래전 학교는 떠드는 교실을 공부하지 않는 교실로 생각했습니다. '떠들지 마라, 시끄럽다, 조용히 하라'는 말을 수도 없이 들어야 했습니다. 여전히 학교에서 흘러나오는 음악이 시끄럽다며 민원을 넣는 지역 주민이 있기도 하지만 대체로 아이들을 이해하고 존중하는 사회적 분위기로 많이 바뀐 건 확실한 것 같습니다. 집중을 하지 못하고 떠드는 아이들이 걱정이라는 선생님의 고민을 들으며 그런 생각이 들었습니다. 떠드니까 아이다.

아이들은 쉴 새 없이 조잘조잘 말합니다. 집중력도 부족합니다. 질문을 해 놓고 대답을 신중하게 하고 있는데 다른 질문을 또 하기도 합니다. 집중력은 당연히 저학년일수록 짧습니다. 어른들도 인터넷 동영상이 15분을 넘기면 잘 보지 않는다는 통계도 있습니다. 나 역시 스마트폰으로 보는 뉴스를 제목과 글의 앞부분만 띄엄띄엄 읽기도 하고 때로는 스킵 후 댓글만 훑는 경우도 허다합니다. 아이들도 수업 중에 같은 활동이 5분을 넘어가면 집중력이 뚝 떨어집니다. 공부에 대한 목적의식이나 흥미가 없는 아이들에게 40분 공부 시간은 고역일 것입니다. 하루에 다섯 시간 여섯 시간씩 공부를 하는 아이들이 대단하지 않나요? 수업을 마치고 복도를 걸어가는 아이에게 어디 가느냐고 물으면 '학원 간다'는 답이 대부분입니다. 그러니 수업 중 집중을 하는 아이들이 참 고마울 따름입니다.

『아이들이 열중하는 수업에는 법칙이 있다』를 쓴 무코야마 요이치는 아이들에게 이야기하는 시간이 1분 20초 정도라면 모두에게 매우 흥미가 있지 않으면 안 된다고 이야기합니다. 심지어 1분 40초면 말솜씨가 정말 좋아야하고, 2분이 넘으면 아무리 좋은 이야기라도 장황해서 지루한 느낌을 준다고 했습니다. 게다가 2분 30초가 지나면 아무도 듣고 있지 않는다고 이야기합니다. 2분 30초. 타이머를 켜 두고 2분 30초 동안 설명해 보면 얼마나 짧은 시간인지 경험할 수 있을 것입니다. 동기 유발에 5분 내외, 첫 번째 활동에 10분 내외 등으로 교사의 시간은 '분 단위'로 흘러간다고 생각했었는데, 이제는 '초 단위'로 살아내야 하는 경우도 많다는 생각까지 들었습니다.

아이들이 수업에 집중하게 하려면 재미있는 수업을 준비해야 합니다. 그림책을 읽어 줄 때나 놀이나 게임을 할 때 느끼듯이 아이들은 몰입할 수 있는 활동은 모두 잘 참여합니다. 그래서 교사의 말은 줄이고 아이들이 참여하는 놀이, 게임, 역할극, 돌아가며 말하기, 모둠 토의 등 말하고 몸을 움직이며 활동하고 몰입하여 할 수 있는 다양한 수업을 준비합니다. 재미있는 수업에 참여하는 것이 그들의 삶이자 최고의 상이 되도록 하는 것입니다.

아이들이 교사에게 집중하지 못할 경우에는 집중 박수를 사용하기도 합니다. 저학년일수록 활용 빈도가 높아지지만 자주 사용하지는 말고 수업 중에 한두 번 정도는 분위기 환기를 시킬 겸 사용해도 좋습니다. 박수 한 번, 박수 두 번, 박수 세 번, 박수 다섯 번, 박수 열한 번 등의 방법이 있습니다. 박수 다섯 번은 짝짝 짜자작(♩♩♪♪♩)으로 하고, 박수 열한 번은 짝짝 짜자작, 짜자자작 웃 짝짝(♩♩♪ ♪♩♪ ♪♪♪ ∧♪♪)으로 합니다. 박수는 건강에도 좋습니다. 집중 박수 이외에도 친구를 위한 박수처럼 칭찬과 격려의 의미를 담아 박수를 쳐 주는 활동을 자주 하면 좋습니다.

간혹은 집중 구호를 사용하기도 합니다. 교사가 '선생님을!'이라고 말하면 아이들은 '보세요!'라고 하며 선생님을 봅니다. 교사가 'TV를!' 하면 아이들은 '보세요!'라고 하며 화면을 봅니다.

교사가 '민수를!' 하면 아이들은 '보세요!'라며 발표하는 민수를 봅니다. 빠르게 집중하는 학생에게 '경청할 준비를 해 주어 고맙다.'는 인사를 덧붙이면 더 좋습니다.

내가 즐겨 사용하는 메아리를 소개합니다. '사랑하는 0반'이라고 내가 이야기하면 아이들은 '사랑하는 선생님'이라고 말하면서 나를 봅니다. 처음에 아이들이 '사랑하는 선생님'이라고 이야기하면 나는 이 아이들을 사랑하기 위해 교실에 있음을 다시 떠올리게 될 것입니다. 나의 일이자 나의 사명을 일깨워 주는 아이들의 목소리를 들으며 힘을 내어 보는 것입니다. 간혹 변형을 해서 '멋진 0반'이라고 이야기해 보세요. 아이들은 당연히 '멋진 선생님'이라고 메아리를 들려줄 것입니다.

온갖 방법을 다 활용하여 수업을 해도 떠들거나 집중을 안 하는 아이가 있을 수 있습니다. 그때에는 최후의 방법으로 그 학생 곁으로 다가갑니다. 선생님이 옆에 와도 모른다면 어깨에 살짝 손을 얹습니다. 다른 한 가지 방법은 '민수!' 하고 짧게 이름을 부릅니다. 민수가 고개를 들어 선생님과 눈을 마주치면 말없이 고개를 끄덕여 주고 집중을 독려하는 눈빛을 발사하고 바로 다음 설명으로 넘어갑니다. 교사의 마음이 여유가 있으면 아이들에게도 좀더 관대해집니다. 아이들과 즐겁게 공부하기 위해서는 선생님의 마음 훈련, 감정 훈련이 중요합니다. 오래도록 교직을 지켜 주기를 바라는 마음으로 교육심리학 공부도 병행하면 좋겠습니다. 선생님이 행복해야 아이들도 행복합니다.

집중하는 수업 tip 더하기

하나, 수업이 시작되기 전에 교사의 말에 경청할 수 있는 환경을 만듭니다. 책상 위에 온갖 잡동사니가 있고, 만질 수 있는 각종 물건들이 가득하다면 아이들은 분명히 그것을 만지며 정신을 빼앗길 것입니다. 수업에 필요한 것만 책상 위에 두고 나머지는 눈에 보이지 않는 곳으로 모두 치워 두어야 합니다. 특히 우유는 쉬는 시간에 모두 마시고 치워 두는 것이 좋습니다. 마시던 우유를 책상 위에 두면 우유를 쏟을 확률을 높이는 것입니다.

둘, 경청도 연습이 필요합니다. 경청을 할 때와 하지 않을 때의 차이를 역할극을 통해 경험해 봅니다. 내가 이야기를 하는데 내 이야기를 듣지 않고 딴청을 피우는 친구의 모습을 보면서 어떤 생각이 들었는지 이야기를 나누어 봅니다. 역할극을 한 후에 경청을 하도록 하면 달라진 모습을 발견할 수 있을 것입니다. 경청의 중요성과 필요성을 이야기 나눈 후에 연습을 합니다. 먼저 교사를 보도록 합니다. 선생님과 눈을 마주치게 하고 몸도 선생님 쪽을 보게 합니다. 모두 선생님을 바라볼 때 이야기를 시작합니다. 아이들이 볼 때까지 말없이 기다립니다. 기다리는 선생님은 최고의 능력자입니다. 공감이 되는 이야기는 고개를 끄덕이며 듣도록 합니다.

셋, 교사를 바라보는 가장 기본적이고 당연한 행동을 칭찬하고 고마움을 표현해 줍니다.

❖ 민수의 자세가 바르구나. 선생님을 잘 보고 있어서 고마워.

(집중 안 한 아이는 민수 쪽을 본 후에 얼른 따라 할 것입니다.)

❖ 6모둠 모두 선생님 쪽을 보면서 고개를 잘 끄덕이고 있구나.

(다른 모둠 아이들은 6모둠을 흘낏 보고 선생님을 바라볼 것입니다.)

❖ 1반 학생 모두 선생님의 이야기에 귀 기울여 주어 고마워요.

(선생님의 칭찬에 으쓱하며 자세를 가다듬을 것입니다.)

뛰다가 다칠까 봐 걱정돼

아이들은 토끼입니다. 토끼보고 뛰지 말라고 하니 토끼에게는 딴 세상 언어입니다. 매일, 매 시간, 언제나, 하루 종일, 뛰어다닙니다. 자기도 뛰어 놓고 다른 토끼를 이릅니다. 기어코 자신은 뛰지 않았답니다. 심지어 뛰고 있으면서도 뛰지 않는답니다. "우리 걸어가자."라고 말하면 "네~에!"라고 힘차게 대답하면서 뜁니다. 뛰면서 자신은 걷는 줄 압니다.

아이가 복도에서 뛰면 안 되는 이유는 '다쳐서'입니다. 복도를 뛰어가다 다치고, 모퉁이에서 두 명이 쾅 부딪히기도 합니다. 혼자서 이유 없이 넘어져 앞니를 깨기도 하다 보니 아이들의 작은 행동 하나하나 살피느라 하루 종일 긴장의 연속입니다. 그렇게 매일 이야기해도 아이들은 뛰어다니니 신이 아닌 이상 화가 나는 건 어쩌면 당연합니다. 하지만 교사의 본심은 아이가 다칠까 봐 염려해서 하는 소리이니 걱정되는 마음을 표현하면 좋습니다.

"토끼야, 네가 뛰다가 다칠까 봐 걱정돼."

아마 이렇게 이야기하면 아이는 선생님의 마음을 읽고 두 번 뛸 것을 한 번 뛸 것입니다.

다급할 때에는 손으로 멈춤 신호를 주면서 "토끼!"라고 불러도 되겠고, "위험해!" "조심!" 이렇게 줄여 말해도 좋겠지요. '선생님이 토끼를 왜 불렀을까?'라며 질문만 하여도 아이들은 '뛰어서요. 뛰다가 다칠까 봐요.'라는 대답을 할 줄 압니다. "뛰지 마!"보다는 "걸어 보자."로 이야기하는 것도 좋습니다. 언어의 힘은 강력합니다. "코끼리를 생각하지 마!"라고 말하는 순간 우리의 두뇌는 이미 코끼리를 그리고 있습니다. 긍정적인 회로가 가동하도록 긍정적으로 표현해 보는 것입니다. 복도를 걸어가는 당연한 모습을 보여 주는 아이에게는 "안전하게 걸어가는 토끼님 고마워."라고 칭찬을 하는 것도 좋습니다.

그렇다면 아이들은 걸어 다닐까요? 실망시켜 미안하지만, 그럴 일은 없습니다. 선생님 말씀대로 했는데 잘 안 돼요, 라고 이야기합니다. 당연합니다. 수십, 수백 번 가르쳐도 완벽할 일은 없습니다. 가르치면 좀 덜 뛰어다니고, 덜 뛰어다니게 되면 1년이 지나 헤어질 시간이 다가옵니다. 어차피 뛸 걸 가르치지 않는 게 낫지 않을까요? 그렇지는 않습니다. 가르치지 않으면 마구 뛰어다니고 다칠 가능성이 높아집니다. '깨진 유리창의 법칙'처럼 한 명이 뛰다가, 두 명, 세 명 많아지고 여럿이 생활하는 곳에서 무질서를 배우게 됩니다. 자유에는 책임이 따라야 하는데 무질서를 방치하고 방종을 일삼으면 곤란하겠죠.

조심해야 할 일이 있습니다.

선생님이 뛰는 것을 발견하면 아이들은 "선생님은 왜 뛰세요?" "나 선생님 뛰는 거 봤어."라고 두고두고 신나게 말하고 소문낼 것입니다.

그러니 선생님 먼저 조심조심 걸어 다녀야 한답니다.

발표는 어려워

나는 무척 내성적인 사람입니다. 6년 내내 통지표에는 '내성적'이라고 적혀 있었습니다. 손을 들고 발표를 한 적이 거의 없었고, 자리에서 일어서는 것조차 두근두근 힘들었습니다. 이제 교사가 되어 교실에 들어가면 어릴 적 나를 보는 것 같은 아이가 눈에 들어옵니다. 손 드는 것이 힘들고, 발표할 때에도 몸이 벌벌 떨리겠지? 용기를 내고 싶지만 잘 안 되겠지?

5학년이었는지 6학년이었는지 기억이 가물가물합니다. 한번은 선생님이 모든 아이들을 자리에서 일어서게 한 후 질문을 하고 대답을 한 친구만 앉게 하였습니다. 하나둘 자리에 앉기 시작했습니다. 대부분이 자리에 앉고 나를 포함하여 서너 명 남았을 때입니다. 선생님이 하는 질문이 또렷이 들리고 답을 알 것 같았습니다. 큰 용기를 내어 손을 들었습니다. 그리고 답을 말했습니다. 선생님은 자리에 앉으라고 말하셨죠. 내 생애 최초의 발표는 그렇게 기억이 됩니다. 그때의 쿵쾅거리던 심장 소리는 지금도 들리는 것 같습니다.

아이들이 발표를 잘 안 해서 고민이라고 합니다. 목소리가 작고 발표를 꺼리는 학생은 어떻게 지도할지도 고민이라고 합니다. 발표를 할 때에 조금만 더 크게 말하면 좋을 것 같은데 '조금만 더 크게 말해 줄래?'라고 발표 중간에 이야기하고 싶지만 이 말이 효과적일 때도 있지만 오히려 더 위축되게 할 때가 있어 조심스럽기도 하답니다. 어릴 적 내 모습이 오버랩됩니다. 틀리면 아이들이 웃을까 염려하는 부분도 있고, 고학년은 변성기로 인한 목소리 고민도 있고, 성격상 큰소리로 말하는 것이 두려운 아이도 있어서 언제나 세심하게 마음을 쓰게 됩니다.

내 생애 최초의 발표가 그렇게 나쁘지만은 않았습니다. 덜덜 떨리긴 했지만 발표를 하고 난 후 조금 후련하기도 했습니다. 약간 벌받는 느낌이긴 했어도 '나도 발표를 할 수 있구나' 하는 작은 용기를 얻기도 했으니까요. 그래서 아이들도 '발표 그거 별거 아니야'라는 느낌이 들도록 여러 가지 방법으로 시도를 하면 좋을 것 같습니다. 어떤 형태라도 한 번 발표를 하면 그 다음은 조금 수월해지는 것 같습니다.

　가장 중요한 것은 허용적인 분위기를 만드는 것입니다. 우리는 누구나 실수할 수 있습니다.『틀려도 괜찮아』(마키다 신지, 토토북)라는 그림책을 소개하면서 누구나 실수할 수 있고 틀릴 수 있으니 발표에 용기를 가져 보자고 소개합니다. 친구들의 발표가 비록 틀렸다 하더라도 격려하는 학급 분위기를 만든다면 더 많은 아이들은 용기를 낼 것입니다. 실수를 허용하고 다른 사람을 존중하는 태도를 실천하는 분위기는 '내가 어떤 말을 해도 선생님이나 아이들이 존중해 줄 거야' 하고 안심할 수 있는 메시지를 전달하여 발표에 도전하는 아이들이 많아지도록 해 줍니다. 영어 수업의 경우에도 일부러 많이 틀려 보라고 이야기합니다. 'Make mistakes!' 특히 언어 학습은 역설적이게도 수없이 많이 틀려야 실력이 향상됩니다. 실수를 하게 되면 자신도 친구도 웃게 됩니다. 웃음으로 넘기며 '아하! 실수했구나. 고쳐 봐야지.'라는 마음으로 도전해야 하는 거죠.

또 다른 방법은 아주 쉬운 발표 내용으로 자주자주 말할 기회를 노출시켜서 학생이 발표할 때 두근거리거나 떨리는 부분을 없애도록 노력하면 좋습니다. 잦은 기회를 제공하여 발표에 큰 용기가 필요한 것이 아니라고, 그 상황을 일상적으로 받아들이도록 하는 겁니다. 주말에 경험한 것을 한두 문장으로 짧게 돌아가며 말하기를 하면 불과 2~3분 안에 스무 명 남짓한 아이들이 모두 발표할 수 있습니다. 꼭 손을 들고 지목을 해서 발표하는 방법 말고도 돌아가며 말하기 방법 등으로 모두가 한마디라도 할 기회를 주는 것입니다. 이러한 방법이 계속 누적되면 발표를 하는 데 어려움이 줄어들어 좋습니다.

발표는 배움을 나누는 활동이기도 하고, 확인하는 활동이기도 합니다. 말로 할 수도 있지만 글로 할 수도 있고 다양한 자료를 활용하기도 합니다. 말하기를 좋아하는 아이가 있고, 글쓰기나 그림이 편한 아이가 있고, 몸으로 표현하는 것을 즐기는 아이가 있어서 자신이 선호하는 방법으로 발표를 독려하는 것도 약간 관점을 바꾸는 것이 될 수 있을 것 같아요. 다양한 성향의 아이들이 고르게 자신이 선호하는 방법으로 발표할 수 있도록 방법을 찾아보고 소개해 주면 좋겠습니다. 알고 있어도 이야기하고 싶어 하지 않을 수도 있습니다. 알맞은 목소리로 발표에 잘 참여하는 아이들이 새삼 고맙습니다.

발표 잘하는 교실 만들기 tip 더하기

하나, 발표하기 전에 옆 사람 또는 모둠원과 이야기를 나누도록 합니다. 미리 이야기를 나눈 후에 전체 발표를 하면 좋습니다. 또는 미리 발표 연습을 하는 시간을 주는 것도 좋습니다. 즉시 아이들이 말하게 하는 것은 순발력 있는 몇몇 학생에게만 유리한 방법입니다. 생각할 시간이나 연습할 시간을 주어야 좋습니다.

둘, 혼자 말할 때, 짝 토론 할 때, 모둠 발표, 전체 발표에 따른 목소리 볼륨표를 제시하며 활용하는 것도 효과가 있습니다. 발표하기 전에 발표자와 가장 멀리 있는 친구 OO가 잘 들릴 정도의 크기로 발표해 주면 고맙겠다는 이야기를 하며 목소리 크기를 안내해도 좋습니다. 이 방법 역시 목소리 크기를 연습해 봅니다. 마이크를 구비하여 활용하는 방법도 목소리가 작은 학생을 돕는 하나의 대안이 될 수 있습니다.

셋, 준비가 되어 있지 않는 학생은 자신의 차례가 되어 말해야 할 때 '나중에'라는 말을 해도 된다고 하고, 아이들이 모두 돌아가며 말한 뒤에 다시 말할 기회를 주는 것도 좋습니다. 때로는 자신이 생각을 정리하는 데 시간이 오래 걸리는 학생도 있기 때문입니다.

질문은 다 소중해

아이들과 처음 만나서 내 소개를 할 때 질문을 해 보라고 한 적이 있습니다. 아이들의 질문은 몇 살이에요? 결혼했어요? 몸무게는 얼마예요? 등등입니다. 아이들은 아이들입니다. 아이들이 질문을 만들거나 질문을 할 때 엉뚱한 말이 나오는 경우가 있습니다. 수업 의도와 다르게 엉뚱한 질문을 하는 경우도 많습니다. 엉뚱한 질문을 어떻게 바라보느냐가 중요할 것 같습니다. 내 기준으로는 엉뚱한 질문이지만, 아이의 기준으로는 중요한 질문일 수 있습니다. 아이들은 아직 질문 만들기가 서툽니다. 질문을 만드는 것을 배워 나가고 있는 중입니다.

질문을 배우는 중이어서 아직 서툴고 가볍고 엉뚱할지언정 무시를 하는 건 곤란합니다. 질문에 대해 긍정적으로 반응하면 질문을 자주 하게 되고 점점 좋은 질문으로 나아가는 밑거름이 되지만, 무슨 그런 질문을 하느냐며 부정적 반응을 보인다면 질문의 싹을 잘라내는 결과를 낳고 그러면 좋은 질문을 하는 아이로 성장할 기회를 뺏게 된다고 봅니다.

사실 좋은 질문은 수업을 꿰뚫고 있을 때에 가능해집니다. 교사 역시 수업의 핵심 질문을 하나 만들기 위해 고군분투하고 있지 않나요? 짧은 시간에 아이들로부터 수업 내용을 관통하는 좋은 질문을 만들어내기란 여간 어려운 일이 아닙니다.

세상의 모든 질문은 다 소중합니다.

핫시팅(Hot seating)을 할 때 의자에 앉은 등장 인물에게 책 내용과 관련 없는 인터뷰 질문(예를 들면, '네가 이쁘다고 생각하니?' 등)이 나오면 인물의 마음을 더 깊이 생각해 보고자 하는 의도와 다르게 수업이 진행될 수 있습니다. 하지만 이런 질문들을 차단한다면 아이들은 아무런 질문도 못 합니다. 책 속 인물을 보면서 아이의 수준에서는 그것이 진짜 궁금한 것일 수도 있어서 교실 안에 웃음의 시간도 잠시 허락해 보아도 좋을 것입니다. 그렇게 다양한 질문이 쏟아지는 중에 수업 목표에 근접한 좋은 질문을 발견할 수 있습니다. 그럴 때에 교사가 개입해서 깊이 있는 질문을 지원해 주면 조금 낫지 않을까요.

물론 질문을 가장한 비난이나 도를 넘어서는 무례한 질문이 나오지 않도록 미리 이야기를 해야겠지요. 몰라서 하는 것과 알고도 잘못하는 것은 우리가 상황 속에서 구별해 주어야겠지요? 질문이 너무 많아서 다 다룰 수 없는 경우에는 수업과 관련 있는 것만 그 시간에 해결하고 나머지는 나중에 해결해 보는 방법으로 활용해도 될 것 같습니다. 조잘조잘 통통 튀는 아이들의 질문 속에는 기발한 것도 많습니다. 아이들의 세계에 있는 사람만 경험할 수 있는 행복한 시간입니다.

수업 중에 개인적인 이야기를 마구마구 하는 아이

tip 더하기

미리 수업 전에 수업과 관계된 이야기를 하도록 안내를 하고, 수업과 관련 없는 이야기라면 어떻게 하면 좋을지 아이들과 이야기를 한번 나눠 봅니다. 쉬는 시간에 해요, 종이에 적어 두어요… 등등 의견을 내면 칠판에 적습니다. 그러다 수업과 관련 없는 이야기가 길어지면 난감한 표정으로 칠판을 가리키면 아이들도 어느 정도 판단이 가능할 겁니다.

아이들의 이야기를 최대한 귀 기울여 듣는 것은 중요한 일입니다. 교사는 학습 목표가 뚜렷하지만 아이들은 자신만의 세계에 빠져 있기도 하지요. 아이들이 상처받지 않도록 이야기를 잘하고 수업이 진행되었으면 하는 마음 때문에 고민이 되기도 합니다.

사실 아이들이 말하는 것보다 무서운 것은 아이들이 말하지 않는 것입니다. 자신의 속내를 이야기하는 아이들이 많다는 것은 선생님께 마음을 열었다는 의미이기도 합니다.

인사는 누가 먼저 해야 할까?

선생님과 아이가 만났습니다. 누가 먼저 인사를 해야 할까요? 나의 생각은 '먼저 본 사람'이 인사를 하면 됩니다.

아이들이 얼마나 착한지 우리는 경험으로 잘 압니다. 나는 아이들에게 허리를 90도로 숙여 인사합니다. 왜냐하면 아이들은 저를 따라 하기 때문입니다. 내가 허리를 많이 숙여서 '안녕하세요?'라고 인사를 하면 아이들도 따라서 몸을 숙이며 인사를 합니다. 영어 수업 중에 손을 흔들어 인사를 하면 아이들도 손을 흔들며 인사를 합니다. 인사가 헷갈려 고개도 숙이면서 손을 흔들면 아이들도 까르르 웃으면서 고개를 숙이며 손도 흔듭니다. 보고 배우는 거지요. 아마도 교실에서 언제, 어떻게 인사를 하는지 담임 선생님에게 배웠을 것입니다. 그리고 교실 바깥에서 여러 선생님을 만나면서 연습하고 실습하는 것입니다. 우리 아이들은 아직 모르는 것이 많아서 우리가 많이 가르쳐 주어야 합니다. 한두 번으로 완벽하게 익히는 것은 세상 어디에도 없습니다. 여러 번 보고 배우고 몸에 습관처럼 익숙해져야 제대로 배운 것이 되지요.

아이들에게서 문제 행동이 발견되는 순간은 우리가 아이들을 지도해야 하는 순간입니다. 아이들은 모르니까 배웁니다. 학교에 배우러 온 아이들에게 그것도 모르냐고 말하면 안 됩니다. 아이들 몸에 익숙해지기까지 반복 또 반복을 해야 하니까요. 콩나물에 물 주듯이, 수없이 많은 input이 있어야 조그마한 output이 나온답니다.

비록 다른 반 선생님이 우리 반 아이들이 인사를 잘 안 하더라고 이야기해도 아이들에게 굳이 그 말을 전할 필요는 없습니다. 인사를 강조해야 할 시간임을 인식하면 됩니다.

"학교에서 선생님뿐 아니라 다른 선생님께도 웃는 얼굴로 인사해 봅시다." 하고 여러 번 반복해서 가르쳐 주세요. 그리고 칭찬해 주세요.

"우리 반이 인사를 잘한다고 칭찬하더라? 역시 우리 반 친구들! 정말 고마워." 어느 날은 이렇게 칭찬도 해 주세요.

아이들은 칭찬과 격려의 말을 들으면 더욱 잘합니다. 옆반 아이들이 우리 반보다 더 잘하는 것 같아도 내색하지 마시고 우리 반 아이들이 최고라고 생각하며 자존감을 높여 주세요. 실제로 나에게는 우리 반 아이들이 최고 아닌가요? 우리 반 선생님이 우리 반을 최고로 여기고 우리 반 편이라는 것을 느끼는 순간 아마 아이들은 더욱 잘하려고 애쓸 것입니다.

월요일 아침 웃으면서 인사하는 아이들을 만나는 일터는 이곳밖에 없을 것입니다. 선생님이 먼저 인사하면서 기다려 주세요.

자꾸 다투는 아이들

어느 해 여름 교사 연수에 갔을 때입니다. 에어컨이 켜져 있었는데 어느 선생님은 온도를 높이고 싶었고, 어떤 선생님은 온도를 낮추고 싶어 했습니다. 에어컨 온도에 대한 입장 차가 모두 제각각이었습니다. 하지만 더운 선생님은 추워 하는 선생님을 배려하느라 말을 못 하고 있었고, 추운 선생님은 더운 선생님을 배려하느라 덧옷을 준비해 입고 있었습니다. 서로 배려하면서 그렇게 연수 시간이 흘러갔습니다. 어른이니까 가능한 일입니다.

초등학교 교실은 다릅니다. 더우니까 에어컨 온도를 낮추어야 한다는 아이가 있는가 하면 추우니까 에어컨 온도를 높여야 한다는 아이도 있습니다. 각자의 기준으로 쉽게 이야기해 버립니다. 그것이 배움이 필요한 아이와 배운 어른의 차이라는 생각을 합니다. 교실에서 틈만 나면 다투는 아이들은 어떻게 해야 할까요? 여러 아이들이 함께 살고 있는 교실에서는 아이들 수만큼 다툼이 일어납니다.

"선생님, 더운데 에어컨 켜면 안 돼요?"
"아니에요, 선생님. 추워요. 에어컨 꺼 주세요."

　다툼이 없는 교실을 위해서는 먼저, 따뜻함과 웃음이 있는 학급 경영으로 학급 문화를 만들어 가는 것이 중요합니다. 학기 초에 공들여서 학급 세우기, 모둠 세우기 활동을 하면서 서로의 관계를 잘 만들어 놓으면 좋습니다. 첫 만남 일주일가량은 아이들도 긴장한 탓에 선생님 말을 잘 듣습니다. 그러나 조금씩 친해지면서 마치 자신들의 행동이 어느 정도까지 용인이 되는지 실험하는 듯한 느낌을 받게 될 것입니다. 처음부터 일관성 있게 학급 세우기를 통하여 존중하는 학급 문화를 만들어 가고 꾸준히 실천해 나가면 아이들의 다툼 빈도가 낮아지는 것을 발견할 수 있습니다.

　또 다른 방법으로는 아이들에게 문제 상황을 질문으로 던져 보면 좋습니다. 추운 사람도 있고 더운 사람도 있는데 에어컨을 어떻게 하면 좋을까요? 아이들 입장에서 다양한 이야기가 나옵니다. 우리는 수없이 많은 문제 상황을 맞닥뜨리게 됩니다. 사실은 그 상황이 바로 교육이 이루어지는 상황이기도 합니다. 지금의 문제 상황을 해결해 보는 것입니다. 아이들은 토의 끝에 타협점을 찾습니다. 춥거나 더운 사람끼리 자리를 바꿔요, 쉬는 시간에 에어컨을 끄고 환기를 시켜요, 추위에 예민한 사람은 걸칠 옷을 가져와요, 환경을 위해 에어컨 적정 온도를 잘 유지해요, 다른 사람을 위하여 조금 참는 법도 실천해요 등. 문제 상황이 문제를 해결해 나가는 교육의 현장이 됩니다.

더불어서 아이들이 자꾸 다툰다면 '친구랑 사이좋게 지내면 왜 좋을까요?'라고 질문을 던지고 아이들의 생각을 듣는 것도 좋은 방법이고 꼭 필요한 방법입니다. 이 방법도 좋습니다. 선생님이 말하고자 하는 주제가 담긴 그림책을 읽어 주면 아이들은 더 실감 나게 기억하고 실천할 수 있습니다. 아이들에게 좋은 그림책을 읽어 주고 이야기를 나누면 이야기도 훨씬 더 풍부해집니다. 예를 들면 『친구를 모두 잃어버리는 방법』 같은 그림책을 읽어 줌니다. 아마도 아이들은 그림책을 읽으면서 평소 학급에서 장난을 많이 치고 친구를 괴롭히는 아이를 떠올릴 것입니다. 『가시 소년』을 읽어 주면 특별히 도움이 필요한 친구를 연상하거나 『나와 우리』를 읽으면 나의 입장과 우리의 입장이 존재하고 다른 사람들은 어떻게 생각하고 있었는지 더 많이 생각해 보는 기회가 됩니다.

또, 아이들이 투닥투닥 자꾸 다툴 때 아이들의 몸과 마음의 건강을 살펴보는 것도 중요합니다. 스트레스를 해소해야 할 시점일 수도 있습니다. 스트레스 해소를 위하여 놀이 시간을 마련하여 마음껏 웃고 떠드는 시간을 만들어 봅니다. 친하지 않은 아이들끼리 한 팀이 되어 놀이를 하면서 조금 덜 서먹해지는 사이가 될 수 있도록 해 보는 겁니다. 반대로 명상의 시간을 마련하여 아이들이 호흡을 가다듬고 편안한 마음을 만들 수 있게 돕는 방법도 있습니다.

유난히 다투어서 교사 속을 끓게 하는 아이가 있는가 하면 일 년 내내 한 번도 다투지 않는, 소리 없이 무던히 지내는 아이도 있습니다. 참 고마운 아이들입니다. 그러나 혹시 너무 다른 사람을 배려하고 자신은 양보만 하고 있지는 않은지, 순한 아이의 마음도 잘 살펴보면 좋을 것입니다. 다투지 않았다는 평범한 일로도 고마운 마음을 표현해 보는 것도 좋습니다.

'학급 세우기'란?

학기 초에 학급별로 이루어지는 첫 만남 프로젝트라고 볼 수 있습니다. 1년 동안 살아갈 우리 반이 어떤 반이 되면 좋겠는지 구체적으로 이야기를 나누고 비전을 공유하는 활동입니다. 우리 반의 비전을 정하여 공유하기, 학급의 약속과 규칙을 정하기, 우리 반 아침 활동 정하기, 1인 1역할 정하기 등이 있습니다. 학급 가이드 라인을 정하면서 해야 하는 일, 할 수 있는 일과 하면 안 되는 일도 정하고, 우리 반 이름을 정하는 일까지 담임 교사의 관심과 아이들의 희망에 따라 다양한 활동을 덧붙일 수 있을 것입니다. 우리 반에서 가장 중요하게 생각하는 미덕을 3~5가지 정할 수도 있고, 대화 예절, 수업 규칙 등 학급에 함께 살아가는 아이들의 생활에 필요한 가치를 공유하는 활동을 통틀어 학급 세우기라고 할 수 있습니다.

'모둠 세우기'란?

학급에서 모둠이 꾸려지면 모둠원끼리 서로 협력하는 구조가 만들어져야 할 것입니다. 모둠원으로 소속감을 느낄 수 있도록 이끎이, 기록이, 나눔이, 시간 지킴이 등의 역할을 나누어 맡고 서로 도와 가며 활동할 수 있는 구조가 되도록 돕는 다양한 활동을 모두 모둠 세우기라고 할 수 있습니다.

배움이 느린 아이

내가 바라는 교실 풍경은 모든 아이들이 배움에 대한 의지를 갖고 노력하여 성과를 이루고 행복해하는 모습이지만, 현실은 그렇지 않죠. 어쩌면 수업도 인생과 그 맥락을 같이하는 건 아닌가 하는 생각이 듭니다. 아이들은 저마다 처한 상황도 다르고 능력도 다릅니다. 내가 선택한 방법과 맞는 아이도 있고, 전혀 흥미를 못 느끼는 아이도 있지요. 수업 참여도가 낮거나 활동에 따라오지 못하는 아이가 있고, 심지어 수업 시간을 방해하는 아이도 있습니다.

아이들의 차이는 당연한 일이고 목표가 있는 선생님에게는 평생의 숙제이고 고민입니다. 아이들마다 어떤 활동이건 속도가 다르므로 빨리 끝낸 아이들에게 반드시 다음할 수 있는 활동을 알려 주면 좋습니다. 예전에는 늘 책을 갖고 다녔습니다. 약속 시간에 빨리 도착하는 경우 기다리면서 책을 읽기 위해서입니다 우리 학급에서도 활동을 빨리 끝낸 아이를 위해서 무엇을 할 것인가를 항상 준비해 둡니다. 다양하게 준비하여 아이들이 흥미를 갖게 하면 좋습니다. 가장 좋은 것은 수업 중 활동에서 발전 과제를 주면 스스로 도전 의식도 생기고 성취감도 느낄 수 있습니다. 발전 과제 제시 외에도 다른 학생 도와주기, 읽고 싶은 책 읽기, 그림 그리기, 학습지 하기, 수학익힘책 O쪽 하기, 국어 활동 O쪽 하기도 좋습니다. 느리게 하는 학생을 배려하기 위함입니다.

활동을 빨리 끝내는 학생과 느리게 끝내는 학생의 시차가 짧은 경우라면 다른 사람을 배려하며 잠시 기다리기 등 활동 전에 미리 약속을 하고 활동을 안내하면 좋습니다. 칠판에 적어 두면 더 좋습니다. 저학년의 경우 구체적으로 적어 주면 좋습니다. 설명하고 적어 주어도 아이들이 '다 하면 뭐 해요?'라고 질문합니다. 그때에는 손으로 칠판을 가리킵니다. **초등 교사의 최고 능력은 '했던 말을 아무렇지 않게 여러 번 하는 것'입니다.**

우리에게는 25명의 아이들이 있고, 아이들 모두 선생님을 의지하고 선생님의 도움을 필요로 합니다. 글을 잘 모르는 아이를 각별히 신경 쓰고 도와주는 것은 참 따뜻하고 교육적인 일이지만 글을 잘 안다 하여도 단위 시간의 학습 내용은 결코 만만하지 않습니다. 수업 중의 개별 지도는 '완전하게 한다'가 아니라 '짧게 여러 번 한다'를 원칙으로 삼으면 좋습니다. 많은 아이들을 지도하고 있는 상황에서 한 아이에게 시간을 많이 사용한다면 다른 아이들의 지도에 불이익이 되는 상황이 생기기도 합니다. 그 모든 아이들이 선생님을 필요로 합니다. 지적 능력이 우수한 아이는 우수한 아이대로 좀 더 나은 교육의 기회를 주는 것이 우리의 몫이라는 생각이 듭니다. 단위 시간 안에 글을 잘 모르는 학생에게 할애하는 시간을 의도적으로 일정 시간 정해 두고 그 이상은 사용하지 않으면 어떨까 생각합니다. 선생님을 기다리는 다른 아이들에게도 고르게 도움을 주어야 하기 때문입니다.

"우리 반 모두가 공부를 잘하면 좋겠어. 선생님도 돕고 친구들도 돕는 꼬마 선생님이 되어 볼 사람 있니? 다른 사람을 가르쳐 주면 공부를 더 잘하게 돼. 단, 공부를 마치고 선생님의 허락을 받고 약 5분 정도만 친구에게 설명을 해 주는 거야."

꼬마 선생님이나 또래 도우미를 활용하여 선생님의 에너지를 분산해서 사용하는 것도 좋습니다. 국어 선생님, 수학 선생님 등으로 나누거나 일주일 선생님을 뽑아서 하는 방법도 권합니다. 아이들 눈높이의 설명도 친구에게 도움을 줍니다.

사실, 아이들 모두 선생님의 관심과 손길이 필요합니다. 학급에서 성취도가 우수한 아이도 선생님의 관심과 사랑이 필요하지요. 그들에게 잘하니까 다른 사람을 돕는 것이 당연하다고 말할 수는 없을 것 같습니다. 도와주어 고맙다고 말해야 좋습니다. 다른 사람을 가르치는 일은 자신이 알고 있는 것을 깨닫는 과정이고, 남을 돕는 동시에 스스로를 가장 성장하게 하는 기회입니다. 그래서 어쩌면 교실에서 가장 많은 공부를 하는 사람은 교사라고 할 수 있겠지요.

목표를 잘게 나누어 아주 작은 성취감이라도 느끼게 해주며 조금이라도 참여할 수 있도록 끊임없이 독려를 해 주어야 합니다. 못하더라도 열심히 하는 어린이, 스스로 무엇인가를 하려는 사람을 많이 칭찬해 주고 배움이 느린 학생은 목표치를 낮추어 주거나 다른 활동을 준비해서 주는 것도 생각해 볼 수 있습니다. 다섯 문장을 쓰는 공부를 할 때, 두 문장을 쓰더라도 칭찬해 주어야 할 학생이 있습니다. 개개인의 목표치를 살피면서 칭찬과 격려를 해 주면 어떨까 생각해 봅니다. 서로 돕고 배려하는 학급 분위기가 형성되는 것이 중요합니다. '천천히 하는 친구를 돕는다.' 기다릴 줄 아는 분위기가 암묵적으로 조성이 되면 도움이 필요한 친구와 짝이 되거나 모둠이 되어도 할 수 있는 만큼 기꺼이 도와주려고 할 것입니다.

꾸순히 지속적으로, 어쩌면 평생

좋은 습관을 계속 반복 지도해도 나아지지 않는 학생은 어떻게 해야 할지 고민이라는 선생님의 이야기를 들으면서 나도 말했습니다. 나도 그래요. 아마 전 세계 모든 사람들이 다 그럴걸요?

법륜 스님의 이야기가 생각납니다. 열심히 노력하는 것은 나의 일이고, 결과는 모르는 일이다.

이 고민은 모든 선생님들 평생의 숙제입니다. 1년 동안 온 마음을 다해서 지도해도 고쳐지지 않는 경우를 많이 보기 때문입니다. 그러나 이보다 더 중요한 것은 그럼에도 불구하고 포기하지 말고 지도를 해야 하는 것이 우리의 일인 것 같아요.

선생님이 지치시면 안 돼요. 몸과 마음을 잘 다스리시면서, 아이를 보아 주세요. 不怕慢 只怕站(부파만 즈파짠), 한때 늘 마음에 새겼던 말. 느린 것을 두려워하지 말고 다만 멈춤을 두려워하라는 말이 떠오릅니다.

알려 주고, 시범을 보여 주고, 연습할 기회를 주고, 아주 사소한 변화에 칭찬을 보내 주면서 잘 견디셔야 합니다.

좋은 습관은 너를 더 행복하게 해 줄 거라는 마음의 메시지를 자꾸 전달해 주세요.

목표를 조금 잘게 나누어서 성취할 수 있도록 돕는 것도 좋습니다. 책상 위 정리 정돈이 안 되는 아이는 정리 정돈을 함께하고 불필요한 물건이 덜 나와 있을 때 칭찬해 줍니다. 다음에는 정말 필요한 물건만 나오도록 목표를 세워 보면서 꾸준히, 지속적으로, 어쩌면 평생 알려 줘야 합니다.

성년이 된 딸과 같이 사는 친구를 만났습니다. 지금도 방을 정리하는 문제로 다툰다고 합니다. 엄마의 잔소리가 지속되자 딸은 방문을 잠그고 출근을 한다고 합니다. 그 딸아이도 교사입니다. 무한반복. 어쩌면 평생이므로 지치지 말아요.

번갈아 읽기

번갈아 읽기는 짝과 한 문장씩 번갈아 읽는 것으로 평소 수업 중 자주 활용하는 방법입니다. 이 방법의 가장 큰 장점은 아이들이 책에 몰입할 수밖에 없는 구조를 지녔다는 것입니다. 옆 짝이 어디를 읽는지 놓치면 내가 읽을 수 없습니다. 책에 몰입하지 못하는 아이들에게 최고의 방법이라는 생각이 듭니다. 게다가 소리 내어 읽으므로 일석이조입니다. 책 속의 세계에 머물지 않고 다른 세계로 도망가는 것을 차단합니다.

초등학생 단계까지는 책을 소리 내어 읽는 것이 좋습니다. 성인은 책을 많이 읽었기 때문에 묵독이 편안하고 이해가 쉽지만 초등학교 단계까지는 소리 내어 읽기가 중요합니다. 아이들이 소리 내어 읽는 소리와 이해하는 속도가 비슷하게 맞기 때문입니다. 책 내용을 이해하며 읽는지 여부는 아이들이 읽는 것을 보면 알 수 있습니다. 내용을 이해하는 아이는 내용 단위로 잘 끊어 읽지만 그렇지 못한 아이들은 단지 소리를 내어 읽는 것에 불과합니다. 번갈아 읽기는 모두가 소리 내어 읽는다는 장점과 친구가 읽은 다음에 읽어야 하므로 잘 듣고 자신의 차례에 집중해서 읽게 되는 좋은 점이 있습니다. 교사는 순회하며 어떻게 읽는가 잘 들어 봅니다.

읽기는 교사의 시범이 중요합니다. 아이들이 읽는 것을 잘 들어 보면 6학년이어도 의외로 여전히 서툰 학생들이 많습니다. 교사의 책 읽어 주기는 언제나 좋습니다. 매일 15분, 어려우면 10분, 5분이라도 책 읽어 주기를 권해 드립니다. 그림책이라면 한 권이 될 수 있지만 긴 줄글 책이면 몇 쪽의 분량이 될 수도 있지요. 통상 고학년 줄글 책은 2쪽을 읽는 데 3분 정도 시간이 걸립니다. 끝까지 못 읽는다 하여도 흥미를 느끼면 찾아 읽을 것입니다.

소리 내어 읽는 기회를 자주 가져야 좋습니다. 때로는 아이들이 한 문장씩 말고 한 문단씩 혹은 한 장씩 번갈아 읽기를 원할 때가 있습니다. 그것은 그 방법대로 좋습니다. 번갈아 읽기 말고도 돌아가며 한 문장이나 두세 문장, 혹은 다섯 문장 내외 등으로 읽기를 활용하거나 한 문단씩 혹은 한 쪽씩 읽어도 좋습니다. 학급의 인원에 따라 다양하게 읽을 수 있습니다. 모든 아이들의 목소리를 들어보며 알맞게 나누어서 읽고 이야기를 나누면 글의 이해에 더 도움이 되겠지요? 다양한 읽기 방법을 채택하여 외향적인 아이, 내성적인 아이, 적극적인 아이, 배움이 느린 아이들 모두 고르게 만족의 기회를 얻도록 하고, 수업 중의 시간 활용을 알맞게 하면 좋을 것 같습니다.

발표 타이밍

적절한 발표 타이밍은 언제일까요? 아주 간단한 활동이라면 속도 차이가 덜 나겠지만, 활동 내용에 따라 언제나 아이들의 속도가 다르니 적절한 발표 타이밍은 영원히 없을 것 같습니다. 언제나 수준차가 존재하는 것처럼.

산악회에서 40명씩 등산을 갈 때에는 후미 대장이 가장 늦은 사람을 배려하며 뒤따라옵니다. 같은 산을 가도 한 시간씩 차이 나는 경우도 있습니다. 하지만 수업은 다릅니다. 수업은 다음 활동, 다음 수업이 물밀 듯이 따라오고 있으니 더 복잡하고 어렵습니다. 시간을 마냥 많이 준다고 좋은 것도 아닙니다. 아이들이 긴장감을 잃고 시간 안에 해야겠다는 마음을 갖지 않을 수도 있으니까요. 그래서 일정한 시간을 주고 그 시간 안에 끝내도록 노력하자고 독려합니다.

가령 5분 정도 소요되는 활동이라면 '5분 뒤에 발표합니다'라고 이야기를 하고 타이머를 맞추어 둡니다. 아이들이 활동에 몰입하여 시간을 잊는 경우가 있으므로 3분 뒤에 발표합니다, 2분 뒤에 발표합니다, 이렇게 얘기하며 발표 준비를 일깨워 줍니다. 계획된 시간이 되었는데도 시간이 필요한 사람이 많아 보이면 약간의 시간을 더 줍니다.

모두 다 끝났다면 가장 이상적이지만 수업을 마쳐야 하는데도 덜한 학생이 있다면 잠시 멈추고 발표를 진행해야 한다고 봅니다. 수업 내용에 따라서 다음 시간에 이어서 할 필요가 있다면 활동에 시간을 더 주고 다음 시간에 발표하는 방법이 있지만, 그럴 만한 내용까지는 아니라 판단되면 발표를 하는 것이 어떨까 생각합니다.

늦게 하는 학생도 배려를 해 주되 정해진 시간 안에 하도록 독려해야 다른 사람의 활동 내용을 공유하고 배운 내용을 정리할 수 있으며, 수업 마무리가 원활하게 이루어질 것입니다.

느리게 읽는 책

아빠가 사 주신 세계 명작 동화는 책이 귀하던 그 시절 내게 무척이나 큰 행운이었습니다. 12권짜리 전집이었던 것으로 기억합니다. 친구 집에 있는 빨간색 계몽사 세계 동화책을 부러워하던 나에게 큰 판형에다 컬러로 된 그림까지 들어 있는 책은 낯선 곳으로 여행하는 두근거림을 선물해 주었습니다. 롤러까지 끼워 주는 외판원의 상술에 넘어간 아빠가 정말 고마웠습니다. 책이 너덜너덜해질 때까지 수차례 동화책을 읽고 또 읽었습니다. 그 시절 읽었던 세계의 재미있는 민담을 비롯하여 몬테크리스토 백작, 행복한 왕자, 걸리버 여행기, 작은 아씨들 등은 행복한 상상의 세계를 선물해 주었습니다.

초등학교의 공부는 책 읽기가 전부라고 해도 과언이 아닙니다. 아이가 책 읽기를 좋아한다면 공부의 기초를 갖추었다고 볼 수 있습니다. 초등학생 저학년은 이제 한글을 익힌 초보 독자로 단계적으로 읽는 연습이 필요합니다. 먼저 교사나 부모가 읽는 소리를 들려줍니다. 교사나 부모가 읽어 주는 책을 듣고 자란 아이들은 책 읽기에 훨씬 흥미를 지니고 책을 가까이 합니다. 아이가 책을 소리 내어 읽도록 해야 합니다. 초등학교 전 과정에 걸쳐 소리 내어 읽는 것을 지속적으로 해야 좋습니다. 교사나 학부모가 읽어 주기, 학생들끼리 번갈아 가며 읽기, 소리 내어 혼자 읽기, 돌아가며 읽기를 할 수도 있고, 집에서는 가족에게 읽어 주기, 반려동물이나 인형에게 읽어 주기를 해보아도 좋습니다.

독서 교육의 본질적 가치는 책을 읽는 즐거움을 갖는 것에 있습니다. 그래서 자신이 원하는 책을 고르고 읽을 수 있는 기회를 가져야 합니다. 독서 편식은 자연스러운 것입니다. 좋아하는 영역의 책을 골라 읽는 것은 어른도 어쩔 수 없는 일입니다. 한 영역의 책을 많이 읽다 보면 다른 영역으로 자연스럽게 관심사가 확장되기도 합니다. 무엇이라도 읽으면 좋습니다. 부모와 서점 가는 기회를 자주 가지면 좋겠습니다. 내가 사는 시골에는 서점이 없습니다. 가까운 시가지로 나가야 합니다. 자연스럽게 온라인으로 책을 삽니다. 대신 최근에는 도시나 시골 모두 도서관이 잘되어 있습니다. 아이가 부모와 함께 서점이나 도서관에 가서 직접 책을 골라 보면 좋겠습니다.

자녀가 책을 읽기를 원하면 부모님이 함께 책을 읽는 시간을 가져야 좋습니다. 거실에 이리저리 놓인 책은 책에 대한 동기 부여의 첫걸음입니다. 하루 10분, 20분, 30분으로 상향 조정하면서 함께 읽으면 좋습니다. 아이가 읽는 책을 같이 읽고 대화의 소재로 쓰면 더욱 좋습니다. 밥먹고 세수하고 이 닦고 잠을 자듯이 책 읽기도 당연한 일상으로 넣어야 좋습니다. '이 책을 읽을까? 저 책을 읽을까?'로 고민을 해야지 '책을 읽을까? TV를 볼까?'로 선택 문항을 넣으면 안 됩니다. 학교에서도 가정에서도 학생의 하루 계획에 독서하기를 넣고 꾸준히 실천하도록 격려하면 좋습니다. 학년 수준에 맞게 일일 독서 시간을 정하고 일정하게 읽도록 격려하는 것입니다.

책 읽기는 내 마음의 크기를 키우는 시간입니다. 내 마음을 다잡고 삶을 단단하게 지탱하는 것입니다. 책은 천천히 생각하며 읽는 '느림'의 철학이 있어야만 가능한 활동입니다. 얼마나 많이 읽느냐는 것은 중요하지 않습니다. 책을 많이 읽는 것은 책을 좋아하여 읽다 보면 만나게 되는 결과일 뿐입니다. 꼭꼭 씹어 천천히 밥을 먹는 것이 건강에 좋듯이 많이 읽는 것보다 천천히 소리 내어 읽으며 생각하는 과정이 중요합니다. 내 마음에 와닿는 글을 만나는 소중한 순간을 서둘러 지나가지 않는 것입니다. 느릴수록 좋습니다.

아이들은 지금 당장 놀아야 한다

어린이 해방군 총사령관 방구뽕(《이상한 변호사 우영우》)은 아이들은 지금 당장 놀아야 한다고 말합니다. 공부를 싫어하고 놀기만 좋아한다고 학부모와 교사가 하소연합니다. 그렇다면 아이는 잘 자라고 있는 것입니다. 노는 것을 좋아하는 아이들이 공부에 재미를 느끼도록 해야 하니 학부모나 교사는 당연히 보통 힘든 일이 아닙니다. 예전에는 학교에서나 집에서나 작은 일 정도는 척척 하던 아이들이었는데 이제는 아이들의 일머리도 늦게 발달하는 것 같습니다.

우리가 어릴 때만 해도 많이 놀았습니다. 나는 탄광촌 판잣집 사택에서 살았는데 나무판자로 된 집 벽을 칠판 삼아 학교 놀이를 하거나, 산에서 풀을 뜯어 와 소꿉놀이를 하기도 했습니다. 옥수수와 코스모스 사이로 잠자리를 잡으러 다니기도 하고, 눈이 많은 겨울이면 눈으로 높은 미끄럼틀을 만들어서 타고 내려왔습니다. 소소하게 다치는 것은 기본이었습니다. 심지어 세숫대야에 큰 삽으로 눈을 담아 벽돌처럼 찍어내어 이글루까지 만들며 놀았습니다. 공기놀이, 딱지치기, 구슬치기도 언제나 하는 놀이였습니다. 고무줄놀이도 얼마나 많이 했는지 모릅니다. 머리 위로 두 팔을 쭉 뻗어 올린 고무줄을 넘으려다가 넘어져 잠시 기절했다 깨어난 일도 있었습니다. 얼굴의 보랏빛 멍이 사라지는 데 몇 달은 족히 걸린 것 같습니다. 박자를 맞추면서 폴짝폴짝 뛰어야 했던 고무줄놀이는 어른이 되어 다시 해 보니 1분도 하기 어려운, 운동량이 엄청난 놀이였음을 뒤늦게 깨달았습니다. '많은 공기놀이'를 할 때에는 동네의 작은 돌을 모두 주워 모아 놓고 내가 몇 개의 공기를 땄는지 효율적으로 세기 위하여 2의 배수, 3의 배수 등을 활용하며 세었던 기억도 납니다. 비가 오는 날에는 우산 몇 개를 모아서 무서운 옛날이야기를 나누기도 했습니다. 자연스럽게 모든 교과가 통합되는 놀이를 하였으니 노는 것이 곧 공부였다는 사실을 깨닫게 됩니다.

아이들은 많이 놀아야 합니다. 성장기 아이들이 건강하게 자라는 최고의 방법이 놀이입니다. 대근육이 잘 발달해야 소근육도 잘 발달하고 이렇게 잘 발달하는 근육을 가진 아이들은 건강하게 두뇌 활용도 잘할 수 있습니다. 여러 명이 같이 놀다 보면 저절로 사회성이 길러집니다. 힘센 아이가 약한 아이를 배려하고 똑똑한 아이가 도움이 필요한 친구를 챙깁니다. 두 팀으로 나누게 되면 동등한 게임을 위하여 팀원을 안배하기도 합니다. 놀이를 상황에 맞게 창의적으로 바꾸기도 합니다. 놀이만큼 아이들을 성장시키는 것은 없습니다. 그러기에 아이들이 많이 놀 수 있는 환경과 시간이 주어져야 하고 그 일을 우리 어른들이 해야 합니다. 예전에는 온 사회가 그 역할을 했는데 이제는 놀이도 돈을 주고 하는 사회가 되고 있습니다.

예전에 아이들과 운동장 가장자리 담벼락에 벽화를 그려 본 적이 있습니다. 미술 시간에 '주변 환경 꾸미기' 수업이 있었는데, 아이들에게 벽화를 그려 보는 것이 어떻겠냐고 제안을 했지요. 아이들이 무지 좋아하더군요. 그러면 교장 선생님께 허락을 꼭 받아 오겠다 이야기를 했어요. 사실은 교장 선생님과 미리 얘기를 나누어 의논이 되었었지요. 아이들에게 교장 선생님께서 허락하셨다 하니 소리를 지르고 난리가 났습니다. 아이들과 첫 단계로 무엇을 그릴까 의논을 하였습니다. 1반은 사계절을 그리면 어떨까 이야기가 나왔고, 2반은 만화 캐릭터, 3반은 바닷속 풍경이 나왔고요. 그리고 싶은 주제를 정한 후에 모둠별로 그리고 싶은 소재를 밑그림으로 그려 보았습니다. 사계절 주제에 맞추어 봄, 여름, 가을, 겨울로 나누어 스케치를 하고, 모둠별로 그리고 싶은 만화 캐릭터를 정하고, 바닷속 풍경은 한 편의 커다란 바닷속 풍경 협동화를 그려서 각자 나누어서 색칠해 보기로 했습니다. 그러니까 벽화 주제를 정하고 역할을 나누는 등의 과정을 통해 자연스레 국어 수업을 했고, 수성 페인트를 활용하여 그림을 그리는 미술 수업도 한 것입니다. 벽화 수업은 약 8시간에 걸친 프로젝트 수업이었던 셈이지요. 벽화가 완성된 후 사인을 하고 사진을 찍었습니다. 그 이후 언제나 아이들은 벽화를 볼 때마다 의기양양 즐거워하고 두고두고 자랑을 하였습니다.

　나중에 들은 이야기인데 교실에서 수업을 하던 5학년

이 벽화를 그리는 4학년을 보면서 왜 4학년만 노느냐며 불만을 터뜨렸답니다. 바깥에서 2시간 동안 그림 그리는 일은 보통 힘든 일이 아닌데, 벽에 그림을 그리는 아이들이 놀고 있는 것처럼 재미있게 보였다는 거겠죠.

노는 줄 알았는데 알고 봤더니 공부였더라, 그렇게 되면 제일 좋겠습니다. 놀이를 활용한 다양한 수업 아이디어를 수업 중에 활용하기도 하지만, 근본적으로 아이들의 건강과 행복을 위해서 아이들의 넘치는 에너지를 분출할 수 있는 '노는 환경'이 되면 제일 좋겠습니다.

한 시간의 수업에서

좋은 점 100가지를 찾으라면 찾을 수 있고

고쳐야 할 점 100가지를 찾으라면 찾을 수 있습니다.

완벽한 수업, 좋은 수업을 지향하고 있지만

언제나 참 어렵습니다.

매일, 많게는 6시간의 수업을 어떻게 완벽하게 할 수 있을까요.

과거의 수업 협의회에서 우리는 참 무례하였음을

오랜 시간이 지난 후에야 깨닫습니다.

스스로를 무능하게 여기고

오로지 나의 노력 부족이라 자책하며 울던 시간이 지나고

이제야 교실의 교육학을 제대로 보고자 노력합니다.

눈앞에 펼쳐진 신세계를 경험합니다.

교실이라는 무림, 수많은 은둔 고수를 만납니다.

각자의 자리에서 눈물겹게

아이들을 마주하는 선생님들을 만납니다.

수업을 통해 성장하는 삶입니다.

웃으면서 하는 수업의 위대함

S, K, J 선생님은 같은 학년 선생님인데 세 분 모두 평소에 성품이 부드럽고 긍정적이고 다른 사람을 많이 배려하는 분들입니다. 이런 따뜻한 성품은 교사로서 큰 자산이라는 생각이 듭니다. 세 분 모두 시종일관 웃으면서 수업을 하십니다. 수업 중에 화를 내면 사실상 수업은 멈추게 됩니다. 엄격한 것, 단호한 것과 화를 내는 것은 엄연히 다릅니다.

2012년 EBS에서 방영한 〈선생님이 달라졌어요〉라는 프로그램이 있었습니다. 이 프로그램은 다양한 고민 속에서 변화를 원하는 여러 선생님이 출연하였고 다양한 솔루션이 진행되었습니다. 그중에 기억나는 한 장면이 있습니다. 그것은 수업 중 한 선생님이 화가 나서 수업을 멈춘 겁니다. 수업 멈춤. 사실 나도 많이 해 보았습니다. 아이가 내 말을 안 듣고 떠들면 화가 났고, 장난을 쳐도 화가 났습니다. 화가 난 나는 소리를 지르는 경우도 있었지만 수업을 멈추고 가만히 있는 경우도 많았습니다. 보통 이러면 아이들은 숙덕거립니다. "야! 선생님 화났어. 조용히 해!" 보통은 심호흡을 하고 다시 수업으로 돌아오긴 합니다만 다른 사람의 교실 모습을 보면서 수업을 멈춘 상황이 그토록 심각한 상황이라는 것을 인지해 보기는 처음이었습니다. 수없이 화를 내었던 스스로를 돌아보며 너무 부끄러웠습니다. 분명 아이는 나를 화나게 하려고 한 행동이 아니었을 텐데 말입니다.

드라마 〈슬기로운 의사생활〉의 한 장면이 떠오릅니다. 어떤 부부가 수술을 마친 아이의 실밥을 빼러 왔습니다. 무서워하는 아이를 엄마가 안았습니다. 아이의 등 뒤에 있는 실밥을 의사가 빼려고 하니 아이가 크게 울기 시작했습니다. 시작도 안 했는데 아프다고 우는 통에 결국 실밥을 빼는 것을 포기합니다. 의사 유연석(안정원 역)은 엄마에게 밖에서 좀 놀다가 들어와서 다시 해 보자고 합니다. 하지만 결과는 마찬가지, 화가 난 엄마가 결국 아이를 크게 야단칩니다. 속상해서 울고 있는 엄마에게 의사는 이야기합니다. '이 아이는 암 수술을 이겨낸 강한 아이입니다. 다음에 하면 됩니다.'라고 오히려 엄마를 위로해 줍니다. 속상한 엄마의 마음을 어루만지고, 어려움을 이겨 낸 아이를 격려합니다.

나도 아이들의 위대함을 자주 잊어버립니다. 아이들이 교실 자리에 앉아 있는 것, 참 대단한 겁니다. 결석 안 하고 학교 오는 것만 해도 고마운 일입니다. 손 들고 발표를 하는 것은 정말 감동적인 일입니다. 포스트잇에 글을 쓰고, 칠판에 붙여진 큰 나무에 자신의 글을 붙이며 노래를 부르는 하나의 장면도 조금만 거리를 두고 바라보면 얼마나 큰 감동을 주는지 모릅니다.

인생은 먼 곳에서 보면 희극이고 가까이에서 보면 비극이라는 말이 생각납니다. 삶의 모습도 물론이지만 풍경도 그렇습니다. 드론이나 위성을 이용하여 지구의 모습을 촬영한 풍경은 신비하고 아름답습니다. 교실 밖에서 만나는 아이들은 얼마나 더 예뻐 보이는지요. 복지 프로그램으로 방과 후에 서너 명의 아이들과 시내에서 활동을 하고 들어온 선생님들은 교실에서 수업할 때와 사뭇 다른 아이들의 면모에 많이 놀라워하곤 합니다.

아이들과 목적지를 향해 떠나는 배를 탔는데 저마다 다른 곳을 바라보고 다른 곳으로 가려 하고, 때로는 위험한 행동으로 배의 안전마저 위협하니 선장 역할을 맡은 교사는 안절부절못하게 됩니다.

아이들의 질문을 최대한 수용하려고 애쓰고, 작은 일도 당연하게 여기지 않고 격려하면서 웃음을 잃지 않는 선생님들을 보면 참 경이롭습니다. 웃으며 하는 수업은 위대합니다. 웃으며 수업하는 모든 선생님께 존경과 감사의 인사를 보냅니다.

곧 재미있을 거야

체육 수업을 하러 아이들이 체육관으로 총총총 들어옵니다. 체육은 아이들이 가장 좋아하는 시간입니다. 선생님 가까이 모인 아이들은 사고 방지를 위해 준비 운동을 충분히 합니다. 준비 운동을 마치고 선생님의 설명을 듣기 위해 아이들이 선생님 가까이 모였습니다. 선생님은 오늘 공부할 문제와 활동을 이야기합니다.

"재미없어요."

공부 내용을 듣던 아이가 큰 목소리로 대뜸 이렇게 말합니다.

B 선생님은 아이를 보고 웃으며 이렇게 이야기합니다.

"그래? 걱정 마. 곧 재미있을 거야."

나는 깜짝 놀랐습니다.

5년 전의 일이 기억났습니다. 5학년 미술 수업이었고, 수업이 거의 끝날 무렵이었습니다.

"재미없어요."

민수는 큰 목소리와 반항기 가득한 얼굴로 말했습니다.

나는 순간 몹시 당황스러웠습니다. 평소에도 자주 삐딱하게 않는 민수의 태도가 무례해 보이고 마음에 들지 않던 터였습니다.

"수업 마치고 민수는 남아 보세요."

수업 마무리 인사를 하고 아이들은 교실로 돌아가고 민수만 미술실에 남았습니다.

나는 마음속으로 심호흡을 했습니다. 화나는 내 마음을 감추고자 부드럽고 나지막하게 물었습니다.

"어떤 부분이 재미없어요?"

"어려워요."

민수는 화가 좀 누그러진 듯 아까와는 달리 차분하게 이야기합니다.

"아~ 어려워서 재미없어요?"

"네."

마음이 복잡해졌습니다.

"그러면 다음에 선생님이 좀 더 쉽고 재미있게 해 볼게요. 같이 노력합시다."

"네."

민수는 표정이 조금 나아져서 돌아갔지만 나는 혼자서 기분 나쁜 것을 들키지 않으려 무지하게 애썼습니다.

내 수업을 재미없다고 다른 모든 아이들이 듣도록 큰 소리로 이야기하다니! 모멸감이라고 해야 하나, 자존심이 상했다고 해야 하나? 마음이 복잡했습니다.

아, 그런데 B 선생님은 웃으며 곧 재미있을 거라고 말하지 않는가요? 그 순간 '없다'라는 부정적인 말은 사라지고 '있다'라는 긍정적인 말만 가득 모두의 뇌 속으로 쏘옥 들어가는 마법이 나타난 것입니다. 어쩌면 자존감이 높아야만 할 수 있는 말이라는 생각이 들었습니다.

나도 갖고 싶다. 저런 여유로운 모습.

마음도 조급하고 바쁠 터인데, 곧 재미있을 거라며 씨익 웃어 보이는 선생님.

나 스스로 수업에 자신이 있을 때에는 마음이 관대해지지만 수업 준비가 부족할 때에는 아이들이 조금만 떠들어도, 조그마한 반응에도 더 예민해집니다. '내 수업, 나는 이만큼 열심히 준비했어. 곧 재미있을 테니까 얘들아 즐겁게 같이 하자!'는 여유로운 마음은 나를 향한 상처를 없애고 아이들과 함께 씩씩하게 걷는 길이 될 것입니다. 아이들의 소리가 시끄럽게 들리고, 화나는 나 자신을 느낄 때 이제는 내 마음을 먼저 들여다보려 애를 씁니다.

아이들을 만나는 것이 즐거워

K 선생님은 평소에도 유쾌한 성격을 지녔습니다. 쉬는 시간에 옆 반을 지나는데 아이들과 함께 노래하는 K 선생님을 보게 되었습니다. 옆 반 선생님이 병가를 내어 K 선생님이 수업을 대신 하러 들어온 겁니다. 아이들을 향해 활짝 웃으며 트로트를 신나게 노래하는 K 선생님은 정말 즐거워 보였습니다.

사실 보결은 선생님들에게 반갑지 않은 손님입니다. 갑자기 수업을 빠지게 되는 선생님을 대신하여 들어가는 일이니까요. 일주일에 몇 번 없는 전담 시간은 정말 귀중한 시간입니다. 차 한잔을 마시며 여유를 갖기도 하지만 대부분 아이들의 공책 검사로 한 시간이 후딱 지나갑니다. 검사해야 할 학습지도 많고 할 일이 산적한 차에 갑자기 다른 반 보결이 생겨 수업에 들어가야 하면 몹시 난감합니다. 하지만 누구나 언제라도 그런 일이 있을 수 있기에 부탁을 거절할 수는 없습니다. 누군가는 아이들을 돌봐주어야 하니까요.

그렇게 들어가는 보결이 즐거울 리 없습니다. 대체로

계획된 일정일 경우 자리를 비우는 선생님이 인쇄해 놓은 과제나 학습지를 합니다. 갑자기 다른 반 수업에 들어가야 하니 그림 그리기, 개인 독서 등을 할 뿐 애써 아이들과 활동할 거리를 준비하여 갖고 들어가진 않았습니다. 그런 중에 K 선생님의 보결 장면을 보며 많은 생각이 들었던 것입니다.

"나는 아이들과 노래 부르는 것이 재미있어요."

그 뒤로 나도 보결을 들어가게 될 때에는 그림책을 챙겨 가거나 함께 놀이할 수 있는 것을 준비하기도 합니다. 아이들을 바라보며 소중한 시간을 함께하는 K 선생님의 모습을 보며 한 걸음 성장한 날이기도 했습니다.

나는 지금 어떤 표정일까

Y 선생님은 미소가 부드러웠습니다. 늘 인자한 웃음을 보여 주었지요. 어느 날 선생님은 서랍 속의 거울을 보여 주었습니다. 자주 거울을 보며 스스로 자신의 표정을 살펴본다고 하였습니다.

'뒤센의 미소'가 있습니다. 웃음 근육을 발견한 프랑스 심리학자 뒤센의 이름을 딴 것인데 입과 눈까지 다 움직이는 진짜 미소를 가리킵니다. 사람의 뇌는 자신의 표정에서 즐거움을 감지하기 때문에 웃으면 더 즐거워진다고 합니다. 그러니 뒤센의 미소를 자주 짓는 것은 다른 사람은 물론 나를 위한 일이기도 하지요. 사실 우리 인생을 결정하는 것은 역경이 아니라 그것을 대하는 방식이라고 생각합니다. 이 세상의 절대적인 진리 중 하나는 우리는 언젠가는 죽는다는 사실입니다. 그러므로 누구라도 가족의 죽음을 경험합니다. 늙어서 맞는 죽음뿐 아니라 사고, 병으로 인한 이별을 겪습니다. 삶의 모습입니다. 이런 역경을 어떻게 대처할 것인가. 그 방식이 우리 삶의 모습을 결정하는 것 같습니다.

어쩌면 진정한 회복탄력성은 스스로 마음 근육과 웃음 근육을 움직여서 얻는 것일 겁이다. 역경 속에서 피워 올린 웃음이야말로 가장 아름다운 꽃과 같습니다. 오스카 와일드는 '우리 모두는 시궁창 속에서 살아가고 있지만, 그중 어떤 사람들은 하늘의 별을 쳐다본다.'고 했습니다. 상처투성이 진흙 속에서 치유의 연꽃을 피우기 위해 우리 모두 얼굴 근육부터 활발하게 움직여 보면 좋을 것 같습니다. 눈매와 입꼬리를 동시에 말아 올리는 뒤센의 미소를 지으면서. 슬픔과 분노가 가슴 깊이 차오르는 순간에도 희망을 잃지 말고 살아 보는 겁니다.

행복 수업을 하면서 활짝 웃어 보기도 합니다. 평소에 표정이 밝은 아이는 절로 안심이 됩니다. 표정이 다채로우면 더 좋습니다. 잘 웃지 않거나 표정의 변화가 없는 아이는 걱정이 되기도 합니다. 화가 난 아이에게 거울을 보라고 해 봅니다. 예전에는 욕을 많이 쓰는 아이가 있어서 거울을 보고 똑같이 다시 해 보라고 한 적도 있습니다. 거울 속 나의 표정은 나를 돌아보게 합니다. 서랍 속에 거울

을 두고 늘 자신의 표정을 점검하는 선생님처럼 나도 아
이들 앞에 활짝 웃는 모습으로 행복하게 수업을 하고 싶
습니다.

극한직업 1학년 선생님

나의 초등학교 6년은 정말 지루한 시간이었습니다. 시간은 왜 그렇게 느리게 가는가요. 내 인생 최고로 시간이 느리게 가던 때였습니다.

어른이 되어 바라보는 초등학교 6년의 시간은 정말 드라마틱한 시간입니다. 겨우 자신의 옷을 찾아 입고, 식판을 아슬아슬하게 들고 걷는, 툭하면 엄마를 찾으며 울던 1학년 아이는 6년의 시간 동안 평균 30센티미터 키가 자라고 여드름이 생기기 시작하고 목소리도 변하며 자신이 이미 다 컸다고 생각합니다. 그러다 엄마와도 거리를 두기 시작하는 예비 중학생이 되어 졸업을 합니다. 방학 지나고 만난 아이들은 훌쩍 커서 오는데 방학 동안 유난히 많이 자라는 것이 아니라 한 달 동안이나 보지 못하여 생긴 오류일 것입니다. 그 엄청난 시간을 함께하며 알뜰하게 아이들을 챙기는 사람이 초등학교 선생님입니다. 그중에서도 가장 세심하게 아이들을 돌보는 선생님이 바로 1학년 선생님이고요.

입학한 후 1년의 시간 동안 아이들은 더 드라마틱하게

변합니다. 의자에 앉아 있는 것조차 힘든 아이들과 공부를 해야 합니다. 글자도 숫자도 시간도 잘 모르는 아이들과 공부를 해야 합니다. '쉬 마려워요.' 아직 유아어를 사용하고, 화장실도 수시로 다녀오려 합니다. 배가 아픈 건지 고픈 건지도 모르고 무조건 아프다고 합니다. 화장실 가겠다고 간 아이가 돌아오지 않아 찾아보면 보이지 않습니다. 온 학교에 비상이 걸려 찾다 보면 집에 가 있기도 합니다. 수업 중에 실수를 하여 옷을 버리기도 합니다. 속상하면 웁니다. 울고 난리 납니다. 하루 종일 싸웁니다. 싸우는 이유는 정말 다양합니다. 친구가 나쁜 말 했다고도 하고, 자기를 놀렸다고도 합니다. 내 지우개인데 주지 않는다고도 합니다.

처음 학교에 적응하는 아이들도 힘들지만 하루 종일 스무 명이 넘는 아이들을 돌봐야 하는 1학년 선생님의 에너지도 대단합니다. 하늘을 찌를 듯한 텐션으로 아이들의 에너지에 눌리지 않으려 애를 씁니다. 소소한 분쟁 지역을 방문하여 평화사절단의 역할을 해내야 합니다. 자

첫 잘못하면 아이들은 집에 가서 자신의 유리한 점만 이야기하므로 불같이 화가 난 학부모의 전화를 받아야 합니다. 사실을 객관적으로 이야기하기에 아이들은 너무 어립니다. 아이에 대해 애착이 강한 학부모는 아이들의 말을 100퍼센트 신뢰하므로 사건 정황을 일일이 설명해야 하는 일도 생깁니다.

깔끔하고 정성 가득한 1학년 교실 환경은 얼마나 아이들을 위하는지 알게 해 줍니다. 학습 문제, 활동 안내, 준비물 안내 등을 조직적으로 잘 정리하고 안내하여 아이들의 학습을 돕습니다. PPT를 활용할 때에도 아이들 눈높이에 알맞게 만들어 수업에 적절히 활용합니다. 순회 지도를 통하여 아이들 한 명 한 명을 잘 살펴보고 연필 쥐는 법, 글씨 바르게 쓰는 법 등을 알려 주고 수시로 바른 자세를 가르치며 강조합니다.

특히 1학년 아이들에게는 더 다이내믹한 목소리, 표정, 말투로 다가갑니다. 나는 이것을 우주적 텐션이라고 이름 붙여 보았습니다. 무엇보다 다정한 말은 아이에 대한 애정을 표현해 줍니다. 살짝 긁혀서 별로 아프지 않아 보여도 아이의 찡그린 얼굴을 보며 '저런, 많이 아프겠네. 소독하고 조금 있으면 괜찮아질 거야. 씩씩하구나.'라고 공감하며 따뜻하게 위로합니다.

언제나 씩씩하고 꼼꼼하게 아이들을 돌봐 주던 K 선생님, 아마 지금도 작은 산골의 학교에서 아이들과 정답게 지내고 있으시겠죠? 언제나 폴짝폴짝 뛰어다니고, 까르르까르르 잘 웃고, 현실과 상상을 구별하지 못하고, 무엇이든 금방 잊어버리는 아이들과 함께요.

웃음이 있는 수업은 완벽하다

C 선생님은 장난꾸러기 같습니다. 평소에도 센스 있고 유머러스한 모습이 강점이라 생각했는데 수업에서도 그런 매력이 드러납니다. 수업에서 '웃음'은 참 중요한 요소입니다. 다른 사람들도 참관하는 수업의 경우 일상 수업과는 다르게 여겨지기 마련인데, 웃음은 긴장되고 경직된 분위기를 풀어 주고 교실 분위기를 너그럽고 관대하게 해 줍니다. 웃음이 있는 교실만큼 완벽한 곳은 없다는 생각을 해 봅니다.

체육 수업을 합니다. 반복하여 연습해도 잘 안되면 서로 짜증이 날 수도 있는 상황인데 C 선생님이 슬슬 연습에 지쳐 가는 표정의 아이들에게 '천천히 웃음을 잃지 말고 연습 게임을 해 봐요'라고 말하니 아이들이 '풋!' 하고 웃음을 터뜨립니다. 초조한 마음을 다스리며 훌라후프로 큐브 만들기를 완성한 아이들은 뿌듯한 배움을 경험했을 것입니다.

아이들이 질서를 지키며 체육관으로 가는 모습은 평소에 질서 지도를 잘하신 결과라는 생각이 듭니다. 체육관에 들어온 아이들은 곧바로 체조 대형으로 잘 서고 준비 운동도 열심히 하네요. 안전사고가 가장 많은 교과가 체육이기도 하니까 충분한 준비 운동은 반드시 필요합니다. 순회 지도를 통해 아이들 자세를 교정해 주기도 하고, 조별 활동을 할 때의 순서 등도 평소의 약속에 기반하여 신속하게 결정합니다. 조별 움직임이 신속하고 아이들은 무엇이든 서로 의논하며 잘 결정하네요.

아이들의 이해를 돕는 태블릿, 흥겹게 참여할 수 있는 음악, 다트와 훌라후프 등 많은 자료를 사전에 잘 살펴보고 준비를 잘합니다. 안전도 고려하고, 여분의 훌라후프도 준비하여 만약의 사태를 대비한 것도 좋습니다. 다트 던지기를 할 때 모둠을 응원하기 위해 일어나는 것은 지극히 자연스러운 것이고, 이런 자연스러운 풍경과 중간중간 질서를 강조해 주는 것도 좋습니다. 마이크를 활용하여 목소리도 잘 들렸고, 중간의 설명과 안내, 음악의 시작 효과 등도 잘 진행되었습니다.

아이들은 체육 수업을 하면서 몸도 마음도 건강해졌을

것입니다. 매일의 활동이 조금조금씩 쌓이면서 아이들은 더 건강해질 것입니다. 운동량도 제법 많았고, 팀별로 스스로 전략을 바꾸어 가며 게임에 임하는 것도 좋았습니다. 이긴 팀에게 아낌없는 박수를 주고 뒷정리를 하게 하는 것도 좋았어요. 아이들은 이긴 것만으로도 상이고, 봉사 활동까지 덤으로 할 수 있으니까요. 연습 시간을 주고 전략을 바꿀 수 있는 기회도 준 점도 좋습니다. 시간 관리도 잘하셨습니다. 마무리를 하면서 중요한 점이 무엇인지 이야기를 나누고 심리적인 요소도 잘 짚어 주었습니다. 체육을 통해 아이들이 배우는 스포츠 정신은 삶을 살아가는 중요한 태도 중의 하나니까요.

연구 수업을 할 때만큼 준비를 못했다고 겸손한 말씀을 하는데 꼼꼼하게 준비를 열심히 한 표시가 납니다. 아이들이 가장 좋아하는 체육 수업, 아이들의 건강을 도와주는 중요한 체육 수업, 이렇게 많은 고민과 준비로 알차게 해 주셔서 참 뿌듯합니다.

연극배우 선생님

학교에서 가장 많이 듣는 말 중 하나가 '교육의 질은 교사의 질을 넘지 못한다'는 말입니다. 나는 이 말이 꼭 맞는 말이라는 생각을 많이 합니다. 나는 S 선생님의 수업을 보면서 교사라는 훌륭한 재목이 한 시간의 수업을 얼마나 멋지게 만드는지 실감을 하였습니다.

『배고픈 애벌레』 그림책을 읽어 주는 선생님의 모습은 한 편의 뮤지컬을 연상케 했습니다. 즐겁게 노래하듯 들리는 목소리, 힘찬 목소리, 크게 했다가 작게 했다가 아이들을 쥐락펴락 홀리는 목소리. 목소리의 톤과 억양도 좋고 다양한 표정, 흉내 내는 말로 그림책과 혼연일체가 된 모습은 감동 그 자체입니다.

선생님의 목소리로 들려주는 노래는 세상 그 어떤 노래보다 아름답습니다. 이야기를 다 들은 아이들이 저절로 함성을 지르며 박수를 칩니다. 이렇게 힘찬 박수라면 앙코르를 해야 할 것 같습니다.

이야기를 들려준 후 아이들에게 내용을 이해했는지 핵심 질문도 정확하게 합니다. 아이들의 반응을 살피며 세

세한 부분을 놓치지 않고 대답을 도와주시는 모습도 멋집니다. 노래를 부르며 요일별 과일을 붙여 봅니다. 오감을 자극하는 좋은 활동입니다. 아이들 눈높이의 다양한 자료와 꼼꼼한 준비를 통해 '역시 선생님!'이라는 생각을 합니다.

『꿍꿍꿍 피자』는 큰 책으로 아이들의 호기심과 흥미를 더 높인 것 같습니다. 특수반 아이들을 배려하여 특수 마스크를 끼고 인물의 특징을 살려 목소리를 크거나 작게 하며 실감 나게 읽었어요. 즐겁게 랩처럼 표현하니 활기찬 그림책 읽기가 되네요. 냉장고 속 재료를 고르면서 이야기 속 장면을 몸으로 표현하니 더욱 재미있어요. 밀어~~ 밀어~~ 얼음! 얼음! 주고받는 랩으로 아이들과 재미있는 그림책 읽기가 되었어요. 아이들과의 라포(rapport)가 잘 형성되고 모두가 참여하는 감동적인 수업입니다.

선생님을 바라볼 때마다 느꼈던 따뜻한 느낌은 교실에 들어서면서부터 그 기운이 전해집니다. 코로나19로 인해 힘든 상황에서도 아이들의 집을 방문하며 도움을 주었다는 이야기도 들었습니다. 두려운 팬데믹의 시간에 아이들의 건강을 살피는 마음으로, 겸손과 봉사의 자세로 늘 아이들 곁에 있는 선생님이 고맙습니다.

스키이와 벌

"선생님, 벌 들어왔어요. 벌! 벌!"

아이들이 꺄악꺄악 소리를 지릅니다. 원어민 보조교사인 스카이 선생님과 내가 영어 수업을 하던 중이었습니다. 벌 한 마리가 아이들 머리 위를 쌔앵 날아다닙니다. 벌이 무서워 소리를 지르는 아이가 있는가 하면, 이 전시 상황을 즐기며 덩달아 소리를 지르는 아이도 보입니다. 나는 아이들을 지키는 수호자로서 적을 응징해야 합니다. '내가 이렇게 너희들을 위한다. 엉?' 이런 마음으로 씩씩한 척, 의기양양하게 벌을 잡아 휴지로 꽁꽁 싸매어 휴지통에 버렸을 것입니다. 평소라면. 하지만 그날은 내 옆에 스카이가 있었습니다.

스카이 선생님은 남아프리카공화국에서 온 분이었습니다. 자신이 살던 집 주변에 여러 곤충과 동물이 많이 산다는 걸 자주 이야기하곤 했습니다. 살아 있는 생명을 죽인다는 것은 상상도 하지 않는 평화주의자이자 채식주의자였습니다. 점심에 고기가 너무 많이 나와서 학교에서 점심을 먹지 않는 분이었습니다. 우리나라 아이들은 왜 작은 곤충만 보면 기겁을 하고 함부로 죽이는지 모르겠다며 고개를 절레절레 흔들던 선생님입니다. 그러면 방에 들어온 모기는 어떻게 하느냐는 나의 질문에 자신의 방에 들어온 모기는 죽이지 않고 쫓아낸다고 하는 선생님이었습니다. 그래도 말벌만큼이나 큰 벌을 바라보며 이 혼란을 잠재우려 내가 나서야겠다고 판단하던 그때, 스카이 선생님이 한 발 앞으로 성큼 나가더니 신중하게 두 손 안으로 벌을 쏘옥 감쌌습니다. 그러고는 창문 밖으로 벌을 날려 보냈습니다.

전쟁이 더 지속되기를 기대하는 아이들에게는 아주 싱거운 결과였습니다. 놀란 눈으로 스카이 선생님을 바라보는 1~2초 순간의 정적이 흐르고 갑자기 박수가 터져 나왔습니다. 와아 하면서 아이들이 힘차게 박수를 친 겁니다. 나는 마음이 뜨끈해졌습니다. 벌을 손 안에 곱게 담았다는 것, 벌을 살렸다는 것. 나는 한 번도 해 보지 않았던 일. 아이들은 이 상황을 대단하게 여겼던 것입니다. 나도 이 장면을 잊지 못하고 오래도록 기억할 것입니다.

가끔 아이들과 숲길을 걸을 때 작은 곤충도 무서워하며 소리 지르는 경우를 봅니다. 사실 아이들 탓이 아닙니다. 숲길에서 벌레 때문에 소리를 지르는 것은 어른도 마찬가지입니다. 아파트 생활을 많이 하면서 친하게 지낼 수 있는 생명이 무엇이 있겠습니까? 아이들 부모는 사람이나 반려견을 제외하고 집으로 들어온 모든 살아 있는 것은 적군으로 여기고 죽이기 바쁘지 않나요?

우리 집은 시골인데 나도 이제야 곤충들과 조금씩 정들기 시작했습니다. 조카도 우리 집에 와서 처음엔 청개구리를 보고 소리 지르며 도망가더니 조금 지나서는 청개구리를 찬찬히 관찰하고, 어느덧 청개구리와 함께 놀기 시작했습니다. 그러니 동물과 식물을 관찰하며 자라는 삶을 전혀 허락하지 않은 주변 환경을 탓해야 할 것입니다.

그 멋진 장면을 본 이후로 나도 스카이를 따라 곤충을 잡은 후 창밖으로 보낸 적이 여러 번 있습니다. 말벌이 내 생명을 위협하는 순간만 제외하면 그렇게 멋진 박수를 받을 만한 일은 얼마든지 해도 될 것입니다.

버티는 수밖에

비가 옵니다. 비가 오면 마음이 편안해집니다. 어릴 적 슬레이트 지붕 위로 '다다다다' 들리던 빗소리도 그립습니다. 비가 오면 따뜻한 커피도 좋습니다. 옹기종기 모여 앉아 이야기를 나누어도 좋습니다. P 선생님도 비를 좋아합니다. 비가 오는 날은 비를 좋아하는 P 선생님에게 잘 지내는지 안부 문자를 보내곤 합니다.

다정다감한 P 선생님과는 동학년도 두 번 같이 하였습니다. 우리의 인연은 20년이 가까워 옵니다. 언제나 만나면 아이들 이야기로 시작해서 아이들 이야기로 끝납니다. 우리는 그 사람이 어떤 말을 하느냐에 따라 그 사람의 관심사를 압니다. 어떤 사람은 남편과 아이 이야기, 어떤 사람은 시부모님 이야기, 어떤 사람은 돈 이야기만 합니다. 그 사람이 관심 있어 하는 것이기 때문입니다. P 선생님은 어떤 아이가 귀엽게 행동하고, 어떤 아이가 대견스럽고, 어떤 아이가 착한지 반짝이는 눈으로 이야기합니다. 유쾌 발랄한 아이들의 모습을 흉내도 잘 냅니다. 언제나 아이들 생각밖에 하지 않습니다.

그렇게 아이를 좋아하던 선생님이 어느 해 6학년을 맡고 나서 부쩍 말수가 줄어들었습니다. 아이들끼리 다툼도 다툼이거니와 선생님을 조롱하는 듯 행동하는 아이도 있고 선생님의 험담도 하는 걸 알게 되면서 의욕을 잃고 괴로워하였습니다.

사실 6학년쯤 되면 아이들이 사춘기를 겪으면서 반항적인 태도나 무례한 행동을 보이는 경우를 흔히 봅니다. 친구들끼리 편을 나누고 시기하고 질투하고 모함하기도 합니다. 부모님이나 선생님보다 또래 집단의 인정을 더 중요하게 생각하는 경향도 보입니다. 논리적인 생각도 크게 자라 교사나 부모님의 말에 반박을 하면서 질풍노도의 10대를 시작하게 됩니다.

아이들을 사랑하고 아이들과 한편이 되고 싶지만 그게 참 어렵습니다. 부모가 자녀를 영원히 짝사랑하듯 아이들과 잘 지내고 싶은 교사의 마음이 진정 잘 전해지기도 어렵습니다. 아이들과의 관계가 중요하고 재미있는 수업이 중요하다는 것, 누구나 잘 압니다. 그러나 그것을 그대로 교실에서 실천하는 건 여간 고된 일이 아닙니다.

매일매일 아이들과의 만남이 롤러코스터처럼 즐겁다가 힘들다가 행복하다 괴롭습니다. 나는 달리 해 줄 말이 없었습니다. 나도 마찬가지였을 테니까요. 결국 내가 해 줄 수 있는 말은 잘 버티라는 말뿐입니다. 내 마음을 잘 다스리고, 그 마음이 내 몸까지 해치지 않도록, 이 또한 지나가리라 생각하며 잘 버티라는 말밖에 할 수가 없었습니다. 그렇게 힘들게 1년이 지나고 그 아이들과도 헤어졌습니다.

이듬해 만난 P 선생님은 무척 밝아 보였습니다. 힘들었던 지난해와 비교해서 행복 지수가 커졌습니다. 선생님을 잘 따르는 아이들이 예쁘게 보여 감사하다는 이야기를 합니다. 지난 한 해 아팠던 시간을 지나며 아이들을 바라보는 내공도 더 깊어졌을 것입니다. 때로는 정답도 없이 시간을 견디며 사람을 견디며 살아가는 때도 있습니다. 그런 시간을 만났을 때 버티며 이겨내는 삶의 자세가 중요하다는 생각을 또 해 봅니다.

어른들을 고스란히 보고 배울 뿐
아이들은 죄가 없다.

4부

몇 살이에요?

실내화 던지기

아이들이 학교 본관과 후관 사이 그늘진 곳에서 실내화 벗어 던지기를 하고 있습니다. 앞 건물과 뒷 건물은 약 30미터 떨어져 있습니다. 지금 같은 한여름에 그늘이 생겨 아이들이 놀기에 딱 좋은 장소입니다. 아이들 다섯 명은 발목의 힘을 이용하여 누가누가 멀리 던지나를 하고 있습니다.

나는 오랜만에 실내화 벗어 던지기 시합을 구경하며 한참을 지켜보았습니다. 실내화를 멀리 던진 아이는 환호를 하며 기뻐합니다. 서로 반칙을 할까 봐 견제하며 실내화를 벗어 던집니다.

그런데 힘껏 던진 실내화가 유리창에 맞을까 봐 걱정이 됩니다. 이제 내가 나설 차례인가?

"애들아, 애들아."

아이들이 모두 나를 볼 때까지 기다렸습니다.

"실내화 던지기 참 재미있어 보인다. 그런데 앞 건물 유리에 맞아서 유리가 깨지거나, 1층 건물 턱에 닿아서 실내화 꺼내기가 어려울까 봐 걱정이 돼. 어떻게 하면 좋을까?"

아이들은 조금 생각하더니, "그러면 실내화 던지는 방향을 90도로 틀어서 통로의 길 쪽으로 하면 어떨까요?" 이야기를 합니다.

"음, 그렇게 하면 되겠네. 고마워."

조심해서 하면 될 것 같아서 방향을 틀어 자리를 옮기는 아이들을 바라보고 나도 내 갈 길을 갔습니다.

약간 웃기기도 합니다. 나도 어린 시절이 있었고 저 아이들처럼 놀았었는데. 이제는 어른인 척 아이들에게 주의할 점만 당부하고 있지 않은가요. 내 마음속 어린이는 아이들과 함께 실내화 벗어 던지기를 하고 있습니다. 비록 어른인 나는 나의 일로 바쁘지만.

선생님 몇 살이에요?

아이들과 같이 있으면서 기가 막히게 좋은 점이 하나 있는데 그것은 아이들이 도통 어른의 나이를 모른다는 점입니다. 나이를 물어봐서 '백 살이야'라고 대답하면 수시로 '정말 백 살이에요?'라며 반복하여 물을 것입니다. 얼마 전에는 3학년 아이가 '결혼하셨어요?'라는 질문을 했습니다. 친구에게 '나 오늘 결혼했냐는 질문을 받았다'며 자랑을 했습니다. 사실 아이들은 어른들의 나이를 잘 모릅니다. 잘 모르면서도 처음 만나서 하는 질문은 몇 살이냐는 겁니다. 아마도 우리나라에서 어른들이 아이들을 만나면 제일 먼저 묻는 게 나이와 학년이라 그런 건 아닐까 생각해 봅니다.

가만히 생각해 보면 아이들이 무엇을 알아서 몇 살인지, 결혼했는지가 궁금할까요. 그저 어른들에게 들은 이야기를 따라 할 뿐입니다. 심지어 묻고서는 대답도 안 기다리고 저 할 일을 합니다. 만약에 학교에서 남자 선생님과 이야기를 해 보세요. 아이들은 분명히 '선생님, ○○ 선생님과 사귀어요?'라며 대뜸 물어볼 것입니다. 아이들 눈

에 의하면 아마 숱하게 많은 선생님들이 서로서로 사귀게
되는 진풍경이 벌어집니다.

서울에 사는 한 친구가 아이들의 꿈을 물었는데 '정규
직'이라는 대답을 들었다고 이야기합니다. 아이들은 부모
님이 하는 이야기를 그대로 듣고 따라 합니다. 아마 누군
가 그랬을 겁니다. 정규직이 되면 정말 좋겠다고. 아이들
은 이렇게 어른의 말을 따라 합니다.

환상적인 아이들의 세계에 있으면 내가 그림책 세계에
들어온 것 같습니다. 내 이름은 백설아라고 소개하고 별
명은 백설공주라고 하면 정말 간지럽게도 아이들은 공주
님이라고 부르기도 합니다. 현실과 상상의 경계가 무너지
는 경험을 이렇게 많이 합니다. 산타 할아버지가 있다고
믿는 아이들, 선생님과 내년에도 만나면 좋겠다고 말하는
아이들, '우리가 말 안 들어서 죄송해요.' 하며 소용없는 말
을 하는 아이들, '선생님 사랑해요.' 쪽지로 다시 힘을 주는
아이들. '내년에도 가르쳐 주세요.'라고 말해 주는 아이들
덕분에 오늘 하루를 또 살아갑니다.

눈물

점심시간 무렵 복도에서 귀신 울음 비슷한 소리가 났습니다. 잘못 들었나 싶은 순간 여럿이 우는 소리처럼 웅웅웅 분명하게 들렸습니다. 누가 다쳤나? 걱정이 되어 문을 열고 나가 보니 화장실 쪽에서 울음소리가 크게 들리는 것이었습니다. 여자 화장실 안에서 엉엉 우는 소리가 들리고 담임 선생님이 난감한 표정으로 바깥에 서 있었습니다. 궁금해하는 나의 표정을 읽은 선생님은 '아이들에게 슬픈 영상을 보여 주었더니 단체로 울기 시작하였다.'고 이야기를 합니다. 나는 웃음이 났습니다. 아이들의 마음을 건드리는 작전이었다면 성공인 걸? 마음속으로 엄지척을 올렸습니다.

『몽실 언니』를 읽어 주던 K 선생님은 책을 읽다가 아이들과 함께 울어 버렸다고 이야기했습니다. 이야기에 빠져서 함께 울었던 시간이 그 아이들에게도 아마 큰 추억과 기억으로 남았을 것입니다. 그 '눈물'이 부러워서 나도 아이들과 『몽실 언니』를 읽어 보았습니다.

인어 공주의 파격적인 엔딩도 나에게 눈물을 남겼습니

다. 파트라슈의 슬픈 결말도 눈물을 남겼습니다. 행복한 왕자의 눈물도 오래도록 기억이 납니다. 내가 좀 울보였나 봅니다. 슬픈 이야기를 오래도록 기억하다 보니 권정생 선생님의 이야기를 많이 찾아 읽었던 것 같습니다.

나도 아이들을 울린 기억이 있습니다. 나의 배에 소중한 사람 다섯을 태웠습니다. 만약에 그 배에서 누군가 내려야 한다면 누구여야 하겠습니까? 아이들은 처음에는 한둘 내리다가 나중에 나와 엄마, 나와 아빠가 남아 있을 때에는 결정을 미처 하지 못하고 오열하기도 했습니다. 4학년 '지진과 화산'을 공부할 때는 중국 쓰촨성 화산 폭발 사고 속에서 자신의 아이를 감싸고 죽은 어머니의 메시지를 보고 1분 넘도록 침묵을 지킨 아이들도 기억납니다. 나역시 목이 메어 말을 못 하고 있었습니다.

가족 간에도 자주 다툼이 있는 것처럼 사람은 가까이 지낼수록 상처도 많이 줍니다. 아이들 역시 학교에서 필연적으로 많이 다투고 울고, 그 과정에서 '찐친'이 되어 가는 것 아닐까요? 웃는 시간이 더 많으면 좋겠지만, 다투기도 하고 눈물도 흘리면서 누구도 깨트릴 수 없는 돈독한 관계가 만들어지는 것 같습니다.

저기 그런데 있잖아요

교무실 창문으로 삐죽삐죽 아이들의 머리가 보이고 문이 조심스레 열립니다.

"선생님, 저기 그런데 있잖아요. 정수기에서 물이 안 나오는데, 청소하시는 분께서 교무실로 가라고 해서 여기로 왔어요."

'코로나 상황에서 정수기에서 물이 안 나온 지는 오래되었고, 물이 마시고 싶다는 이야기구나. 청소하시는 분은 교무실에 물이 있으니 가서 이야기하라는 말을 하셨고.'

무언가 불편하고 미안하고 조심스러운 마음에 핵심은 이야기하지 못하고 변죽을 두드리며 이야기하는 그 모습이 예쁘기만 합니다. 분명 이 더위에 운동장에서 뛰어놀았나 봅니다. 까무잡잡하고 불그레한 얼굴은 땀으로 뒤범벅되어 있습니다.

"아~ 물 마시고 싶어요?"

"네!"

단도직입적으로 핵심을 말하는 것을 가르쳐 주려다 참

습니다. 이 가르치려는 직업병을 참는 것도 큰 인내가 필요합니다. 이미 핵심을 알았으니까요.

핵심을 말했으면 무례해 보였으려나? 덜 예뻐 보였으려나?

"선생님, 물이 마시고 싶은데 교무실 물 좀 마셔도 될까요?"

딱 부러지는 핵심의 말은 1~2년만 있으면 아마 기가 막히게 잘할 것입니다.

정수기 물을 컵에 담아 쟁반에 받혀 주니 단숨에 꿀꺽꿀꺽 마십니다.

"더 줄까?" 그러니 활짝 웃으며 큰 소리로 "네!" 하고 대답합니다.

텀블러가 있는 아이는 텀블러에 물을 담고 무척 목이 마른 아이는 찬물을 단숨에 두 잔 마시고 수줍은 두 아이는 한 잔만 마시고 됐다며 사양합니다.

아이들은 왜 '저기 그런데 있잖아요'라는 말을 자주 사용할까요? '있기는 뭘 있어?' 장난치고 싶은 것도 꾹 참습니다.

   1학년들은 '선생님 쉬 하고 싶어요.'라고 이야기합니다. '화장실 가고 싶어요.'라고 얘기하라고 알려 주기는 하지만 아직 어린 티를 벗지 못한 아이의 모습은 귀엽기만 합니다.

민수가 토한 날

출근길 수석실로 가는 길에 화장실 앞 세면대에 서 있는 민수와 눈이 마주쳤습니다. 잰걸음으로 복도를 지나며 '안녕?' 하고 인사를 하는데 민수의 표정에 변화가 없습니다. 평소와 다른 모습에 놀라 자세히 보니 낯빛이 창백합니다.

"왜 민수야, 몸이 안 좋아?"

민수는 고개를 끄덕이더니 "토했어요."라고 이야기합니다.

앞쪽을 보니 세면대에 토사물이 보입니다. 속이 메슥거리고 비위가 상합니다. 나지 않던 냄새도 갑자기 나는 것 같습니다. 하지만 나는 선생님. 아이가 힘들고 무안할 것을 생각하여 애써 티를 내지 않습니다.

"내가 좀 도와줄까?"

"괜찮아요. 친구가 담임 선생님 부르러 갔어요."

아이들 토한 것을 치운 일이 한 열 번은 족히 넘을 것 같습니다. 보통 아이들은 아프면 자주 토합니다. 또 솔직하게 자신의 감정을 표현하는 아이들은 누군가 토하면 꽤 액

꽥 소리를 지르며 피합니다. 한번은 토한 것을 치우다가 옆으로 슬슬 피하는 아이들에게 '누가 선생님 좀 도와줄래?' 했더니 선뜻 두세 명의 아이가 도와준 일도 기억납니다. 피하고 싶은 상황일 텐데 기꺼이 선생님을 도와주었지요.

1990년대에는 버스로 현장체험을 갈 때 멀미를 하는 아이들이 많았습니다. 지금과 달리 차를 자주 타 보지 못한 아이들이 차멀미를 많이 했기 때문입니다. 멀미약을 먹고 몇 가지 사전 조치를 취해도 별 소용이 없었습니다. 멀미를 자주 하는 아이를 앞쪽에 앉히고, 미리 멀미약을 먹거나 잠을 자도록 하고 때로는 창문을 열어 주기도 하고 휴게소에서 신선한 공기를 마시도록 하는 등 여러 방법을 시도하여 무사히 다녀오면 정말 행운입니다. 그런데 한 친구가 버스 안에서 토하기라도 하면 그 냄새가 버스 안에 퍼지면서 덩달아 여러 아이가 연쇄적으로 토하기 마련입니다. 그런 최악의 상황을 막기 위한 각고의 노력이 필요합니다.

토사물을 치우는 일은 괴롭습니다. 나도 토할 것만 같아 괴롭지만 그래도 내가 먼저 보았으니 내가 치우는 게 맞습니다. 고무장갑과 비닐봉지를 갖고 화장실 앞으로 오니 민수는 토사물만 남긴 채 벌써 자리에 없습니다. 비닐봉지에 토사물을 담으며 세면대를 청소하고 있으니 담임 선생님이 황급히 내려오고 지나가던 보건 선생님도 도우려 애씁니다. 비위가 좋은 사람이 어디 있겠습니까. 내가 안 치우면 누가 치울까요? 내가 하기 싫은 일은 남도 하기 싫을 것입니다.

산다는 것은 늘 이런 예기치 못한 상황을 맞닥뜨리는 일 같습니다. 더 오래전 옛 학교에서는 아이들과 화장실 청소를 해야 했습니다. 담당 구역이 지저분하면 질책을 받기도 했지요. 학교에서 화장실 청소는 큰 스트레스였습니다. 변기 양 옆의 변을 치우는 일이 비일비재했습니다. 지금에야 청소를 해 주는 분이 있어서 어찌나 고마운지 모릅니다.

우리 주변에는 어디서나 궂은일을 해 주는 고마운 분

들이 많습니다. 깨끗한 환경은 누군가의 손길이 있었기에 가능한 일입니다. 화장실 변기를 깨끗하게 청소하는 손, 화장실 휴지를 정리하여 버리는 손, 하수구에서 머리카락과 여러 가지 이물질을 꺼내는 손, 부엌 씽크대 하수구를 깨끗하게 정리하는 손. 내가 사용하는 장소가 깨끗하다면 누군가 대신 꺼려지는 일을 했다는 징표입니다. 이런 일들을 나 대신 해 주는 누군가를 한번씩 떠올려 본다면 좋겠지요. 오늘 내가 먹은 밥은 누가 해 주었는지, 오늘 식사 후 설거지는 누가 해 주었는지, 오늘 화장실은 누가 청소해 주었는지, 오늘 우리 집은 누가 청소해 주었는지 생각해 볼 일입니다. 혹시 내가 아닌 다른 사람이 했다면 나는 다른 사람의 도움으로 살아가고 있다는 것이 확실합니다. 다른 사람의 도움으로 살아가는 삶에 깊이 감사하며 살아가야 할 일입니다.

아이들에게 꽥꽥 소리를 지르다

남편도 아이도 깜짝 놀란 눈으로 나를 바라보았습니다. 어느 날 거실에서 화가 난 나머지 우리 아이에게 큰소리를 꽥 질렀습니다. 식구들이 놀란 눈으로 나를 바라보고, 일순간 집 안이 조용했는데 나는 불쑥 미안한 마음이 들었습니다. 이렇게까지 소리 지를 일은 아닌데 말입니다. 무엇 때문에 그랬는지 모릅니다. 애가 숙제를 안 하고 놀고 있었나? 기억도 나지 않습니다. 생각해 보니 20여 년 전 그때 당시 나는 반 아이들에게 그렇게 소리를 소리를 꽥꽥 지르며 살고 있었던 것입니다. 나쁜 생활 습관이 집에서 고스란히 드러난 것입니다.

몇 해 전에 아이들에게 크게 소리를 지른 적이 있습니다. 도대체 앉아 있지도 않고, 나를 바라보지도 않는 3학년 아이들을 보면서 부들부들 몸이 떨렸습니다. 이것이 교실 붕괴인가? 어떻게 아이들이 이럴 수가 있지? 1분이라도 내가 하는 말을 들어야 다음 단계로 나아갈 수 있는데 이 아이들은 왜 이럴까? 지금껏 내가 보았던 아이들 중에 최악이라고 마음속으로 생각했습니다. 그런 와중에 이런 나의 모습을 보고 즐거워하는 사람이 있었습니다. 바로 담임 선생님. 수석 선생님이 그렇게 큰 소리를 내다니!'저 다 들었어요'라는 눈빛으로 즐거워합니다. 저는 학교에서 수업 코칭 업무를 맡고 있는 수석 교사이기 때문입니다. 수석 교사는 선생님들의 수업 고민을 들어 주고 수업 컨설팅을 해 주기 때문에 보다 전문적인 방법으로 수업 집중을 시킬 수 있어야 하는데 아이들에게 소리나 질렀으니 담임 선생님의 놀림이 이해가 됩니다.

예전에 나는 아이들에게 소리를 많이 질렀습니다. 조용히 하라고도 하고, 집중하라고도 했습니다. 물론 예전의 일이고 지금은 그러지 않습니다. 지금의 아이들이 순해진 것일까요, 아니면 내가 변한 것일까요, 학교와 사회의 문화가 바뀐 것일까요?

다정하게 아이들을 대하는 우리 학교 선생님들을 보면 고마운 마음이 차오릅니다. 온화한 말투와 표정으로 다정하게 아이들을 보살펴 줍니다. 물론 잘못한 일은 단호하게 말해야겠지요. 나의 어린 시절에 이런 선생님들을 만났더라면, 학교에 처음 들어왔을 때 이런 동료 선생님들을 만났더라면 내 삶은 어떻게 바뀌었을까. 그러다가 또 다른 한편으로는 선생님이 얼마나 속앓이를 할까 염려스럽습니다. 참고 또 참다가 큰 병이 생기는 건 아닐까 걱정입니다. 아이들을 어느 정도 선에서 독려하고 도와주어야 할 것인지도 어렵습니다. 수업 중에 따라오지 못하는 아이는 보충 지도를 해야 할 것 같은데, 그걸 원하지 않는 학부모도 더러 있습니다.

비슷한 연령이라고 비슷한 수준을 갖고 있지는 않습니다. 아이들마다 저마다의 인생 시간이 있을 터이고 가장 빛나는 시기도 서로 다를 수 있습니다. 같은 말도 어떤 아이는 감동적으로 받아들이고 어떤 아이는 듣지도 않습니다. 하늘에서 골고루 내려오는 눈을 기쁜 마음으로 맞이하는 아이도 있고, 맞지 않으려 피하는 아이도 있습니다. 나날이 빛나는 삶, 조금씩 더 나아지는 정진의 삶을 살았으면 하는 마음으로 오늘도 학교에 갑니다.

엄지척

1학년 아이들을 만날 때에는 음계의 '솔~' 정도로 텐션 유지를 잘해야 합니다. 마치 뮤지컬 배우가 무대에 나가는 심정으로. 지금 내가 맡은 배역은 신이자 판사이자 부처이자 아이들의 친구입니다. 아이들을 모두 공평하게 대하고, 넓은 마음으로 돌발 상황을 받아들이고, 학습 속도가 빠른 아이와 느린 아이를 재빨리 파악하는 길이 모두의 만족도를 높이는 일임을 명심하고 시작해 보는 겁니다. 순발력과 판단력, 관대함이 요구되는 일입니다.

오늘 1학년 수업을 하였습니다. 네 명씩 칠판 앞에 나와서 문장 부호를 써 보기로 했습니다. 1학년은 미리 알려 줘야 할 것이 많습니다. 정확하게 쓰면 칭찬해 주고, 만약에 잘못 쓰면 '서로 도와주고 가르쳐 주기'를 알려 주어야 합니다. 친구를 배려하면서 말하는 법도 가르쳐 줍니다. 미리 이런 이야기를 하지 않으면 잘못 쓴 아이를 보고 잘못 썼다고 바로 말하는 아이가 있습니다. 물론 잘못 쓴 것을 잘못 썼다고 바로 말하는 것이 잘못된 일은 아니지만 그 말을 들은 아이는 울거나 자신감을 잃게 될 수 있으므로 마음의 상처를 받지 않도록 말하는 것을 미리 알려 줍니다. 그래서 큰 소리로 말하기보다는 상대방을 존중하며 말하는 방법을 끊임없이 가르쳐 줍니다.

우리는 학교에 공부를 하러 왔습니다. 그래서 모르는 것이 많고 모르는 것을 묻는 일은 훌륭한 일입니다. 모르는 친구가 있을 때에는 서로 가르쳐 주며 돕는 교실 분위기를 만드는 겁니다. 틀려도 함께 도와 가며 공부하자, 우리 서로 도와주고 가르쳐 주자, 이렇게 말합니다.

칠판 앞에 민수를 비롯한 네 명의 아이가 나왔고, 다른 아이들은 칠판에 문장 부호를 쓰고 있었습니다. 민수는 자기가 쓰려던 자리에 다른 친구가 먼저 서자 몸을 부르르 떨며 신경질을 내기 시작합니다. 서서 신경질적으로 말하는 민수를 보면서 조금 위험을 감지했습니다. 민수 앞에 슬쩍 섰습니다. 다른 아이와 몸이 부딪히지 않도록 내가 가림막처럼 중간에 선 것입니다. 이렇게 신경질을 부리는 아이라면 다른 아이와 접촉을 할 경우 폭력을 휘두를 위험이 높습니다. 다행히 민수는 다른 아이를 때리

지는 않고 자리에서 꼼짝을 하지 않습니다. 아이들이 문장 부호를 다 쓰고 자리에 앉을 때까지도 꼼짝 않습니다. 문득 측은해졌습니다. 조금 시간이 필요하다 싶었습니다. 화가 난 민수는 바닥에 주저앉아서 꼼짝을 안 합니다. 지금 해 볼래, 나중에 할래? 나의 제안에도 민수는 부들부들 떨면서 꼼짝을 안 합니다.

나를 바라보는 스물두 명의 아이들을 외면할 수 없습니다. 나는 나머지 아이들과 공부를 했습니다. 그러다가 민수를 바라보며 같이 하자고 제안을 합니다. 여전히 꼼짝도 안 합니다. 속상합니다. 그러나 다른 아이들을 바라보며 다시 표정 관리를 합니다. 너희들의 시간은 소중하고 이걸 지금 공부하면 도움이 될 거야. 지금 이렇게 다섯 번이라도 반복해야 아이들의 기억에 남을 것입니다. 민수의 마음이 풀어지는 데 시간이 필요합니다.

다음 날 만난 민수는 좀 달랐습니다. 바르게 앉아서 수업을 잘 듣습니다. 어제 그렇게 내 마음을 힘들게 했던 아이라는 사실이 믿기지 않습니다.

수업을 마치고 나에게 오더니 "선생님, 오늘 저 잘했지요?" 하고 묻습니다.

"오늘 정말 열심히 잘했어. 최고야!!"

양쪽 엄지를 번쩍 치켜들며 최고를 다섯 번은 외칩니다.

내 감정을 조절할 줄 알아야 어른이라고 볼 수 있습니다. 우리는 간혹 자신의 감정을 조절할 줄 모르는 사람에게 '어린아이처럼 왜 그래?'라고 표현합니다. 자신의 감정을 잘 조절할 줄 모르거나, 다른 사람을 잘 이해하지 못하거나, 자신만을 생각하거나 하면 그렇게 말합니다. 실제로 아이들이 그렇기에 우리의 손길이 필요합니다.

수업 중에 갑자기 4학년 경수가 소리를 빽 질렀습니다. 아이들이 깜짝 놀라 경수를 봤습니다. 학습지에 자신의 생각을 적는 중이었는데 옆줄 은빈이가 경수의 학습지를 흘깃했더니 경수가 소리를 꽥 지른 것입니다. 물론 은빈이도 잘못했습니다. 다른 사람의 학습지를 허락 없이 보려 했으니까요. 하지만 경수도 수업 중에 그렇게 소리를 꽤 지를 일은 아닙니다. 시험도 아니고, 수업 중에는 서로 도와 가며 기록할 때가 많으니까요. 모든 학생이 놀랄 정도의 비상 상황이라고 보긴 어렵기 때문입니다.

이 상황에서 교사는 은빈이와 경수에게 교육할 수 있는 기회가 생겼습니다. 다른 아이들도 모두 보는 가운데 우리가 할 수 있는 말과 행동을 알아보는 것입니다.

"얘들아, 이런 상황에서 어떤 말과 행동을 하면 좋을까 생각해 보자."

은빈에겐 "경수야, 네가 쓴 것 보여 줄 수 있어?" 이렇게 상대의 동의를 구해야 한다고 알려 주고, 경수에게는 "은빈아, 내 것 보여 주기 싫은데."라고 자신의 의견을 명확히 말하는 것을 알려 줍니다.

이것이 우리가 가르쳐 주어야 할 행동입니다. 이렇게 알려 주고 연습해 봅니다. 연습해 보고 다음부터는 이렇게 해 보자 당부하는 것, 이것이 우리가 할 수 있는 몫입니다. 연습을 하고 '엄지척' 합니다.

사랑하는 예비 샘
지금처럼 밝은 웃음으로
지금처럼 아이들 예뻐하며
부디 아프지 말고
건강하게 잘 지내요

5부

예빈 샘에게 보내는 편지

미래에서 오신 손님

아이들을 볼 때면 '미래에서 오신 손님' 같습니다. 영화 〈인터스텔라〉(크리스토퍼 놀란 감독)에서 책장 뒤 5차원의 세계에서 딸에게 메시지를 보내기 위해 고군분투하는 아버지의 모습은 아이들에게 인생의 메시지를 보내기 위해 고군분투하는 선생님과 닮아 있습니다.

창밖으로 아이들 떠드는 소리가 들립니다. 아이들이 떠드는 소리를 들으며 소란스럽다고 여긴다면 나에게 무슨 문제가 생긴 것입니다. 아마도 나는 슬프거나 힘들거나 의욕이 없거나 자신이 없는 상태일 것입니다. 아이들을 데리고 현장학습을 나가면 거리의 많은 어른들은 아이들이 사랑스러워 못 견디겠다는 눈빛으로 '몇 학년이야?' 묻습니다. 아마도 '조그마한 너희들 정말 귀엽고 예쁘구나.'라고 말하고 싶은 것이 아닌가 여겨집니다.

아이들은 참 귀한 존재입니다. 아이를 가졌을 때, 내 배 속에서 꿈틀거렸을 때, 세상에 태어난 날, 엄마라고 처음 말한 날, 아장아장 걷기 시작한 날… 돌아보면 행복하지 않은 날이 단 하루도 없었습니다. 아이들은 어릴 때 이미 충분히 효도를 했습니다. 이 아이들이 자라 새로운 세상을 만듭니다. 아이들이 참 소중하다는 것을 예전에는 잘 몰랐습니다. 우리나라도 100년 전 방정환 선생님의 어린이 해방 운동 이후 아이들에 대한 생각이 조금씩 달라졌으니까요.

현대에 아이들은 더 귀한 존재가 되었습니다. 아이들을 욕하는 어른은 뭔가를 잘못 알고 있습니다. 아이들을 키우는 것이 어른이므로 어른들부터 반성해야 합니다. 스스로의 잘못부터 먼저 깨쳐야 합니다. 아이들은 어른들이 하는 말, 행동을 그대로 따라 합니다. 아이들이 욕을 하면 아이의 가정, 친구, 미디어를 살펴보세요. 지금 아이들의 꿈을 물어보면 '정규직' '돈 많은 건물주'라고 이야기합니다. 아마도 어른들이 하는 얘기를 들었겠지요. '정규직'이 되어야 좋다거나, '돈 많은 건물주'가 되고 싶다는 얘기들 말예요. 아이들은 깊은 내막을 잘 모르고 그저 말을 따라 하는 겁니다.

2030년 혹은 2040년을 살아갈 아이들이 마치 타임머

신을 타고 '지금' 찾아온 것처럼 아이들이 소중합니다. 이 아이들이 행복한 배움의 시간을 갖고 그들의 시대로 돌아가기를 바랍니다. 그들의 시대에서 내가 어릴 때 참 행복했노라, 친구들과 즐겁게 놀고 학교에서 존중받으며 선생님과 행복하게 공부했노라 추억할 수 있기를 바랍니다. 행복한 경험을 한 사람이 주변에 행복을 나누면서 더 큰 행복을 만들 수 있듯이, 그들의 삶 곁에서 마주 보며 함께 멋진 삶을 다짐하는 선생님으로 살아가고 싶습니다.

누 달 미리 살아요

동화책에서 읽은 농부 이야기입니다. 부지런한 농부가 일찍 일어나 시원한 새벽에 농사일을 합니다. 아침 일찍 농사일을 많이 했으니 더운 낮에는 쉬엄쉬엄 합니다. 농사가 잘되어 점점 수확물이 늘어납니다. 반면 이웃집 농부는 늦게 일어나 더운 날씨에 일을 합니다. 더운 날씨에 일을 하니 능률도 오르지 않고 몸이 상합니다. 몸이 상하니 농사를 제대로 지을 수 없습니다. 부지런한 농부는 선순환의 삶을, 이웃집 농부는 악순환의 삶을 삽니다.

약속 시간이 5시라면 대개 미리 시간 여유를 갖고 출발합니다. 먼 거리라면 훨씬 더 여유를 갖고 출발합니다. 가는 길에 어떤 일이 생길지 모르니까요. 시간이 빠듯하게 출발한 적이 있나요? 내 앞에 가는 차가 유난히 앞길을 방해하고, 서두르는 바람에 사고의 위험도 더 커졌을 것입니다. 내비게이션이 있어서 과거보다 길을 잘못 찾아갈 염려는 낮아졌지만 가는 길에 공사하는 구간이 있을 수 있고, 앞길에 사고가 났을 수도 있습니다. 미리 준비하면 덜 서두르고, 덜 서두르면 사고의 위험도 줄어듭니다. 여유로운 마음은 다른 사람을 여유 있게 볼 수 있는 눈을 제공합니다.

학교는 11월부터 본격적으로 이듬해 교육을 준비합니다. 올해를 살면서 내년을 준비하지요. 올해의 교육과정에서 잘된 점, 부족한 점을 평가하면서 새해 계획의 기초를 만들어 둡니다. 올해 학교 교육 활동 중에서 계속 하면 좋은 것과 문제가 많았던 활동은 수정, 보완, 폐지하면서 더 좋은 교육을 준비하는 것입니다. 이 부분은 좀 고쳐서 내년에는 이렇게 하는 게 맞겠다 판단하며 성찰과 반성을 통한 새로운 계획을 세웁니다. 올해 이뤄낸 치열한 삶의 경험이 자양분이 되어 내년의 삶을 더 풍요롭고 의미 있게 할 것입니다.

『최재천의 공부』의 저자 최재천 교수는 그 많은 일을 하면서 어떻게 느긋할 수 있느냐는 질문에 마감 1주일 전에 미리 끝내는 평소의 시간 관리 습관을 언급합니다.

학교에서는 물론 연간 계획이 나오지만 약 두 달 단위로 미리미리 준비하면 좋은 점이 많습니다. 연간 일정을 기반으로 세밀하게 두 달 뒤를 준비하면 마음이 든든합니다. 학급 경영, 수업 준비 등 할 일을 미리 해 두면 일요일이 즐겁습니다. 미리 해 두고, 변수를 생각하여 플랜B도 준비해 두면 좋습니다. 여유로운 마음은 계획한 일을 잊지 않는 것은 물론 세심한 부분까지 챙길 수 있게 만듭니다.

예를 들면, 1월에 3월을 준비하는 것입니다. 올해에는 어떻게 아이들을 만나 가르치고 배울 것인지 내가 하고 싶은 활동도 배우고 준비하면서 3월을 미리 준비해 두면 적금 넣어 둔 것처럼 마음이 넉넉해질 것입니다. 5월에는 미리 7월을 준비합니다. 수행평가를 통하여 아이들에게 나누어 줄 기록을 꼼꼼히 준비합니다. 방학 중에 나에게 필요한 연수 계획도 미리 해 두는 것입니다. 8월에는 10월을 준비합니다. 학예회나 각종 1년 마무리 행사를 일찌감치 준비해 봅니다. 10월에는 1학기처럼 12월을 준비합니다. 겨울 방학 계획도 세워 둡니다. 학교의 캠프 이외에 부족한 부분을 채워 줄 연수도 미리 체크합니다. 다음 주 수업을 전주에 준비해 두면 주말이 즐겁듯이, 미리미리 준비하면서 마음의 여유도 가지면 좋겠지요.

"선생님, 한 시간이 금방 지나가요."

마음을 벅차게 하는 기분 좋은 말입니다. 어떻게 시간이 지났는지 깜짝 놀라 "이제 마쳐야 할 시간이네?"라고 말했더니 한 아이가 이렇게 말하는 것입니다. 어떤 활동에 깊게 몰입했다는 것, 또는 재미있게 활동했다는 것을 잘 대변하는 말입니다. 재미있는 책을 읽고 서로의 생각을 나누어도 시간은 금방 지나갑니다. 체육처럼 몸을 움직이는 활동도 시간은 빨리 지나가고 재미있는 놀이나 게임 활동을 해도 시간은 빨리 지나갑니다. 그림 그리기 등 작품 제작에 몰입을 하여도 시간은 빨리 지나갑니다.

긍정심리학에 기반한 행복 수업을 만나면서 나의 삶도 많은 변화를 겪었습니다. 당연하게 여기던 일을 당연하게 여기지 않게 되었습니다. 나에게 가족이 있어 고맙고, 걸을 수 있는 두 다리가 있어서 고맙고, 바라볼 수 있는 눈과 들을 수 있는 귀가 있어 감사합니다. 몸이 아파도 몇 주 지나면 회복이 되니 이것도 감사하고, 숨을 쉴 수 있는 공기와 배부르게 먹을 수 있는 밥이 있어 감사합니다. 나를 보면 활짝 웃으며 인사하는 아이가 고맙고, 나의 설명에 고개를 끄덕이는 아이도 감사합니다. 다른 사람을 배려하여 조용히 경청하는 아이도 고맙고, 교실 분위기를 유쾌하게 하는 장난기 많은 아이도 고맙습니다. 20대, 30대 때 삶의 고통으로 단련된 후에야 조금씩 삶과 사람을 바라보는 여유가 생겼습니다. 한때는 너무 힘들어서 교사로 계속 살기를 바란다면 종교를 가져야겠다는 생각도 했습니다. 어떤 종교라도 좋으니 영성으로 단련된 영혼으로 아이들을 대해야 내가 살겠구나, 생각이 들었습니다.

'재미'가 배움의 전제입니다. 공부를 놀이처럼 즐겁게 만들어 보기 위해 노력합니다. 칙센트미하이가 말하는 '몰입'의 상태처럼 재미에 빠져 시간 개념의 왜곡 현상이 나타나는 행복한 장소가 교실이 되는 것, 상상만 해도 흐뭇합니다. 실험하고, 탐구하고, 역할극을 하고, 놀이를 하면서 빨리 지나가는 시간을 경험하는 아이들은 학교와 공부에 대해 긍정적인 생각을 갖게 되고 자연스레 학습 효과도 더 커질 테니까요.

배움의 주체는 학생이 되어야 합니다. 아이가 수동적으로 듣기만 하는 것이 아니라 적극적으로 말하고 참여하는 과정이 있어야 하고, 교사의 수업 내용을 수용만 하는 것이 아니라 자신만의 관점도 생각해내야 합니다. 교사는 질문에 대한 답만을 구하는 것이 아니라 발견되지 않은 질문을 발굴해내야 합니다. 교사가 어떻게 잘 가르칠 것인가? 이 문제는 학생들의 자발적 배움의 장을 어떻게 만들 것인가의 문제라는 생각이 듭니다. 모르는 것을 부끄러워하지 않고, 스스로 모르는 것을 발견하고, 문제 해결을 위해 탐구하는 것, 서로서로 생각의 퍼즐을 맞춰 나가며 배움과 앎의 기쁨을 느껴야 할 것입니다.

가령 수학 수업을 예를 들면 학생 맞춤형 도전 과제(점프 과제)를 제시하여 도전 의식을 높이거나, 마피아(훼방꾼)를 선정하여 한 번은 옳은 방법으로 설명하고, 그 다음에는 틀린 방법으로도 설명해 보는 등의 방식을 도입하면 좋습니다.

모둠성취분담 학습(STAD, Student Team Achievement

Division)처럼 긍정적 상호의존을 사용하는 협동학습 활동을 통해 모둠원 개인의 성적과 모둠 기여를 함께 평가에 반영하는 것도 좋습니다. 수학 문제를 15~20문제 만든 후에 첫 평가를 기록합니다. 두 번째, 점수를 보고 서로 도움을 주고받도록 합니다. 이런 활동은 수학에 재능 있는 학생의 자존감 향상에 도움이 되고, 수학에 어려움을 느끼는 학생은 실력이 향상되어 공동체에 긍정적 영향을 줄 수 있습니다. 수학 인형을 활용하는 것도 좋습니다. 아이들은 자신의 애착 물건을 소중히 여기고 상황에 이입도 잘합니다. 자신이 소중하게 여기는 인형에게 설명을 해 보는 것입니다. 인형이 수업 중에 방해가 된다면 필통에 넣을 정도의 작은 인형을 만들어서 해 보아도 좋습니다.

시간의 마술을 경험할 수 있도록 즐거운 고민을 오늘도 함께 해 봐요.

배우고 있어야 가르칠 수 있어요

『아이들이 열중하는 수업에는 법칙이 있다』(무코야마 요이치, 즐거운학교)라는 책이 있습니다. 독서 중에 기억하고 싶은 문장은 줄을 긋곤 하는데 이 책은 거의 모든 부분에 줄을 그었을 정도입니다. 문장 하나하나가 설득력 있고 기억하고픈 부분이 많았습니다. 특히 초등 교사라면 요긴한 부분이 많아서 책을 여러 권 사서 주위의 새내기 선생님들께 선물하곤 했는데 아쉽게도 몇 년 전부터 절판되었더군요.

무코야마 요이치는 교사라면 자신의 월급 10퍼센트는 책을 사는 데 사용하라고 이야기하였습니다. 나도 한 4년 정도는 5퍼센트가량의 돈으로 책을 사 보았습니다. 그리고 그 말이 맞다고 느꼈습니다. 도서관에서 빌려보는 것과는 전혀 다릅니다. 집에서 생각을 하다가 불현듯 그 문장이 떠오르면 서둘러 책을 펼치고, 줄을 그었던 부분을 찾아서 다시 음미하게 되는 기쁨은 대단합니다. 간혹 내가 기억하는 문장이 책 속에서 다르게 쓰이기도 했습니다. 나는 그 문장을 내 생각의 맥락에 따라 변형하여 쓰기도 한다는 것을 발견했습니다. 일종의 편곡입니다. 참, 모든 일은 신기합니다.

'한 학기 한 권 읽기'를 시작하면서 가장 어렵게 여기는 부분이 책을 준비하는 과정입니다. 2018년 당시에는 2015 개정 교육과정이 3~4학년에만 적용되어서 6학년에게 개인이 책을 사도록 안내하는 것에 부담을 느꼈습니다. 책을 구입해야 하는데 학부모가 비협조적이라면 힘들기 때문입니다. 학부모에게 보내는 안내장에 2015 개정 교육과정과 독서 단원의 취지를 알리고 아이들이 선택한 책을 구입하도록 안내했습니다. '우리 아이가 책을 사달라고 해요.'라며 기뻐하는 학부모의 모습은 기쁘고 놀랍기도 했지만 어쩌면 당연한 반응이어야 합니다. 염려한 것은 일부 악성 민원으로 학교 교육이 마비되거나 위축되는 경험을 하곤 하기에 스스로 소극적으로 임했던 건 아닌가 생각했습니다. 스스로 책을 구입한 아이는 그 책을 갖고 다니면서 여러 번 읽기도 하고, 관련된 다른 책을 사기도 하였습니다. 학생이 읽고 싶은 책을 직접 사 보는 경험이 교육적으로 참 중요하다는 생각을 합니다.

2012년에 같은 학교에 근무하는 교사 몇 명이 '도토리 교사독서교육연구회'를 만들었습니다. '권정생 깊이 읽기'를 주제로 권정생 선생님의 책을 읽고 독서토론을 하는 것에 중점을 두었습니다. 책을 사서 읽고 이야기를 나누는 과정이 의미 있었고, 교사로서의 정체성을 확인하는 행복한 시간이었지요. 이후 꾸준히 책 모임을 하면서 '학생 대상 독서 캠프'나 '작가 초청회', '교사 워크숍' 등도 연계하여 활동하며 어느덧 10년 넘게 독서 모임이 이루어졌습니다. 모일 때마다 우리는 느낍니다. 바쁘고 힘들어도 '우리는 교사로구나'라고. 책에 대해 이야기하다 보면 아이들 이야기가 나오고, 아이들 이야기가 나오다 보면 수업 이야기가 나오고, 수업 이야기가 나오다 보면 책 이야기가 또 나옵니다. 대부분의 독서토론이 그렇습니다.

교실에서 텍스트를 늘 접하는 우리는 끊임없이 새로운 책을 읽고 연구하는 사람이 되어야 합니다. 배우지 않고서는 배우는 사람을 이해하기 어렵습니다. 영어를 가르치는 선생님은 영어는 물론이고 프랑스어, 스페인어, 중국어 또는 러시아어 등을 배우면서 가르치면 좋을 것입니다. 일 년이 넘도록 말 한마디 못하는 아이의 마음을 이해하고, 어떻게 하면 쉽게 배울 수 있을까 역지사지의 마음으로 배우려면 더 낯선 언어를 배울 수 있어야 합니다. 교육을 할 때에는 '가르치는' 쪽이 아닌 '배우는' 쪽에서 생각을 해야 하기 때문입니다.

책을 읽는다는 건 '상을 주는 것'입니다. 셰릴 스트레이드의 자전적 소설 『와일드』를 보면 멕시코 서부부터 시작해 캐나다 국경에 이르는 약 4,300킬로미터의 어마어마한 트레킹 코스 PCT(퍼시픽 크레스트 트레일)를 종주하는 여성의 이야기가 나옵니다. 삶의 굴곡에서 상처받은 한 영혼이 대자연 속에 자신을 던져 인생의 한계를 넘어서려는 몸부림을 칩니다. 그렇게 자신의 상처를 치유해나가는 이야기를 읽다가 한 장면을 맞닥뜨렸습니다. 기나긴 길을 걷는 여성이 가장 힘들었다고 말한 것은 무엇이었을까요? 놀랍게도 발톱이 빠진 일이나 산짐승을 만난 일보다 배낭 무게로 인한 어깨의 쓰라림이 가장 컸다고 합니다. 뜻밖의 대답에 많은 생각을 하게 되었습니다. 그는 그렇게 묵직한 배낭의 무게에도 불구하고 책을 넣어 다녔습니다. 자신에 대한 보상으로 책 읽는 시간을 선물하기 위해서였지요.

우리의 경험에는 한계가 있습니다. 아이들을 이해하기 위하여 다양한 경험을 하면 좋지만 경험치에 한계가 있기에 책을 통해 인간을 이해해 보는 것입니다. 교실에서 문제 상황이 발생한 그 순간은 우리가 교육적으로 문제를 해결해 볼 수 있는, 살아 있는 교육학의 순간입니다. 나의 경험을 잘 기록해 가며 나만의 교육학을 완성해 보면 좋겠습니다. 책을 읽으며 실천하고, 실천한 것은 글로 써 보는 것입니다. 그 글이 모이고 모여 선생님만의 책으로 완성되면 더 좋겠습니다. 모든 분야를 조금씩 할 수 있어야 하는 초등 교사의 역할이 처음에는 무겁게 여겨졌지만 한편으로는 삶의 기쁨을 다채롭게 느낄 수 있다는 장점도 있습니다. 왕관의 무게는 무겁습니다. 좋은 일에는 그 무거움이 따라오는 것 같아요. 배움과 가르침은 함께하는 친구입니다. 언제나 배우고 노력하는 선생님을 보면서 잘 살고 있다고, 토닥토닥 어깨를 두드려 주고 싶습니다.

1월에 보내는 편지

교사에게 1월은 재충전의 시간이자 한 해를 준비하는 중요한 시기입니다. 학기 중에 바빴던 심신을 돌보며 3월의 새로운 학기를 준비합니다. 저마다 하고 싶은 일이 있겠지만 저는 다음의 세 가지를 꼭 먼저 챙길 것을 권하겠습니다.

첫째, 건강 미리 돌보기

교사는 심리적으로 육체적으로 굉장한 에너지가 필요한 직업입니다. 서른 명 가까운 아이들과 하루 종일 함께하는 일은 보통 이상의 체력이 요구되지요. 제때 화장실을 가지 못해 병을 얻기도 하고, 성대 결절로 목에 이상이 생기는가 하면 번아웃으로 아픈 선생님도 있고 학부모의 괴롭힘으로 정신과 진료를 받는 경우도 있습니다. 몸과 마음이 아프면 아무것도 할 수가 없습니다. 내 몸을 건강하게 돌보는 것이 어떤 일을 하든 가장 기본적인 사항입니다. 아이들을 돌보는 엄청난 체력을 요구하는 이 일을 위해 건강을 잘 챙겨야 합니다. 그래서 매일 일정 시간을 걷거나 뛰는 유산소 운동을 하거나 헬스를 하면서 근육을 키우는 등의 노력을 해야 합니다.

시간이 없다면 더욱더 체력을 키워야 합니다. 조금씩이라도, 짧은 산책부터라도 하여 운동 루틴을 생활 습관으로 만들어 평생을 잘 버틸 수 있도록 노력합니다. 건강검진도 꼭 하여 돌보아야 할 부분을 잘 챙깁니다. 신체 건강은 심리적인 건강과도 연결됩니다. 몸이 건강하면 에너지가 생기고 마음도 더 단단해집니다. 몸과 마음이 건강해야 자주 웃을 수 있고 이러한 에너지는 아이들에게 그대로 전달이 됩니다.

둘째, 독서

우리는 지금 아이들이 책 읽기를 좋아하는 독서가가 되기를 희망합니다. 그렇다면 교사가 먼저 책을 좋아하는 독서가가 되면 좋겠지요. 내가 좋아하는 책과 아이들에게 권하면 좋은 책을 찾아 읽어 봅니다. 항상 텍스트를 가까이하는 교사의 업무 특성상 독서는 핵심 활동일 것입니다. 자신이 좋아하는 장르는 물론이고 새로운 교육 관련 서적도 가까이 해야 하지만 지금 출간되어 나오는 다양한 어린이책도 읽어 봅니다. 어떤 책이 좋은지 안내해 주는 선생님이 책과 거리가 멀다면 아이들의 신뢰를 얻기 어려울 테지요. 마을 도서관과도 친해지고, 서점과도 친해지고… 내돈내산, 기꺼이 돈을 주고 책을 사기를 권합니다.

셋째, 새해 계획하기

나는 어떤 교사가 되고 싶고 올해에는 아이들과 어떻게 만날까. 고민하고 정리해 보는 시기입니다. 새 수첩과 헌 수첩을 번갈아 쓰는 시기인 이때 지난 교육 활동을 토대로 그대로 밀고 나가야 할 활동과 새롭게 덧붙일 활동, 빼내어야 하는 활동을 정리하면 좋습니다. 예를 들어 2022년에 아이들과 그림책을 썼다면 잘된 점과 아쉬운 점을 토대로 2023년에는 어떤 활동을 할지 정해 보는 것입니다. 그래서 1, 2월에 알맞은 연수를 들으면서 올해 하고 싶은 활동의 기초를 다져 봅니다.

언제나 계획대로 삶이 흘러가지는 않습니다. 그럼에도 불구하고 우리는『모모』에 나오는 청소부 베포 할아버지처럼 한 걸음 한 걸음 거리를 쓸면서 어느 순간 아득한 길이 닦여졌다는 것을 깨닫게 되지 않을까요?

2월에 보내는 편지

2월의 편지가 좀 길어도 이해해 주세요. 2월은 새 학기를 본격적으로 준비하는 시기잖아요.

작년의 수첩과 올해의 수첩이 공존하는 시기를 넘어 이제는 정말 새 수첩을 사용해야 할 시간입니다. 2월에는 3월 1~2주에 할 일을 대체로 준비해 두면 좋습니다. 내가 맡고 있는 학년의 특성과 내가 하고 싶은 1년의 계획들, 그리고 개인적으로 하고 싶은 일들도. 내가 맡고 싶은 학년을 못 하게 될 가능성도 염두에 두어야 합니다. 만약에 학교에서 나의 업무가 많은 편에 속한다면 내가 맡고 싶은 학년을 맡게 될 가능성이 높습니다. 그렇지 않다면 내가 맡고 싶은 학년을 못 맡게 될 가능성을 갖고 있어야 합니다.

2월 중순에는 몇 학년 몇 반을 맡게 되는지 알게 될 것입니다. 체크리스트를 갖고 학급 운영을 위한 준비를 시작합니다.

첫 만남을 즐겁게 준비해 봅시다.

교실 정돈하기

❖ 학생 책상과 의자, 사물함 등 주변을 깨끗하게 정리하고 특히 위험한 부분이 없는지 꼼꼼하게 살핍니다.

❖ 교사 책상 주변에는 필요한 물건 이외에는 보이지 않게 잘 정리해 둡니다.

❖ 출근 후 짧은 시간 빠르게 주변을 청소하는 습관을 가지면 좋습니다.

알맞은 옷 준비

❖ 다음 날 입을 옷을 전날에 미리 준비해 둡니다. 제가 아는 어떤 선생님은 일주일 옷을 미리 주말에 정리하여 준비해 두기도 합니다. 저는 무채색 옷이 대부분입니다. 눈에 튀는 것을 싫어하는 성격 탓도 있습니다. 아이들의 눈높이를 고려해서 다양한 색의 옷을 입는 것도 좋을 것 같아요.

❖ 아이들과 함께 활동하는 것을 고려하여 불편함이 없는 옷이 좋습니다.

❖ 체육 수업이 있는 날은 체육복과 운동화를 미리 준비합니다.

컴퓨터, 실물화상기, 웹캠 등 기자재 확인

❖ 컴퓨터 바탕화면은 깨끗하면 좋습니다. 필요한 파일은 폴더별로 잘 정리합니다. 업무별로 정리하거나 월별로 정리하는 등 자신만의 기준으로 빠르게 찾을 수 있게 정리합니다. 폴더와 파일 이름은 이름만 보아도 알 수 있게 지정하면 좋습니다. 특히 제목 앞에 숫자를 넣어서 순서대로 정리하면 편리합니다. 파일명에는 '최종, 최최종'처럼 쓰지 말고 날짜와 수정한 시간(예: 2022120114)을 함께 넣으면 다음에 찾아볼 때 단 몇 초라도 아낄 수 있습니다.

❖ 저학년일수록 실물화상기의 사용 비율이 높습니다. 아이들이 발표할 때도 요긴한 실물화상기를 잘 활용하면 좋습니다.

❖ 원격수업을 대비하여 가끔씩 줌 회의나 블렌디드 러닝을 준비해 보면 좋습니다.

교과서와 지도서, 학습자료 준비(1~2주 분량)

❖ 성취기준과 교과서, 지도서를 살피면서 3월에 준비해야 할 일들을 챙깁니다. 특히 학습 자료를 서둘러 준비해야 3월의 소중한 시간을 낭비하는 일이 없을 것입니다. 구입이 가능한 것과 빌려야 할 것을 살펴보며 3월의 수업을 준비합니다.

❖ 연간 계획을 준비하면서 교사 수준의 교육과정을 잘 마련하면 좋겠습니다. 아이들의 관심과 흥미로부터 출발하는 프로젝트 수업, 아이의 삶과 배움이 연결되는 교육과정을 고민하며 준비하면 좋습니다.

사물함 및 신발장 이름 붙이기

❖ 3월에 새 학년 새 학급에 올라온 아이들은 깨끗하게 정돈된 교실을 보면 기분이 좋아질 것입니다. 게다가 나의 신발장과 사물함까지 친절하게 안내되어 있다면 더욱 좋겠지요.

학급 시간표 및 학생 배부용 시간표(또는 임시 시간표)

❖ 첫날에 아이들에게 학급 기본 시간표를 안내해야 합니다. 동학년이 있다면 함께 의논하여 같은 정보를 함께 나눠 주면 좋습니다.

환영 글 또는 현수막

❖ 처음엔 교사도 어색하지만 아이들도 매우 어색합니다. 아이들을 환영하는 따뜻한 글을 인쇄해 붙여 두거나 현수막 등으로 깔끔한 느낌을 보여 주어도 좋겠습니다.

교사 소개 자료

❖ 선생님을 어떻게 소개할 것인지도 준비합니다. 흔히 하얀 거짓말(진진가) 퀴즈식으로 선생님을 많이 소개합니다. 아이들과 친밀감을 가질 수 있도록 옛날 사진을 보여 주고 실수했던 일, 기억나는 일 중심으로 소개하면 좋을 것입니다.

❖ 서로 어느 정도 소개가 끝난 후에는 내가 바라는 우

리 반의 모습 등 선생님의 기대를 이야기하면 좋을 것입니다.

학부모에게 보내는 편지

❖ 첫날에는 아이들만큼이나 학부모도 긴장합니다. 어떤 선생님이 우리 아이 담임 선생님이 되었을까 궁금해합니다. 선생님의 교육관, 교육 방법, 학부모님의 협조 내용 등이 담긴 편지를 보내면 좋습니다. 학부모의 신뢰를 얻으면 아이들을 가르치는 데 더 신이 납니다. 좋은 학부모를 만날 수도 있지만 그렇지 않은 사람도 만날 수 있습니다. 차근차근 신뢰를 쌓으면서 함께 아이를 키운다는 마음으로 진심을 담은 편지를 쓰면 좋습니다.

학급 생활 안내문

❖ 아이들과 함께 학급 내 평화로운 생활을 위해 같이 지켜야 할 것을 이야기하는 시간이 있으면 좋습니다. 고학년은 교사의 개입 비중을 낮추고, 저학년은 교사가 주

도를 해서 어떻게 생활하면 좋을지 이야기를 나누어 봅니다. 그렇게 탄생한 생활 안내문은 명문화하여 교실에 붙여 두거나 서로 나누어 가지면 좋겠습니다.

설문지형 조사표

❖ 아이 한 명 한 명을 잘 모르는 상태에서 교사가 빨리 알아야 할 정보를 놓치는 일이 없도록 설문지형 조사표를 통하여 중요한 내용을 접하면 좋겠습니다. 건강상 주의해야 할 점은 없는지, 학교 생활에 특히 선생님이 더 신중해야 할 부분이 없는지를 알아야 좋습니다. 물론 학급 배정이 되면 전 담임 선생님에게 궁금한 점을 질문으로 알아내는 부분도 있을 것입니다.

임시 좌석 배치표

❖ 낯선 교실에 들어온 아이들이 우왕좌왕하지 않고 자신의 좌석을 찾아 앉을 수 있도록 임시 좌석 배치표를 만들어서 자리를 정해 두면 좋을 것입니다.

둘째, 학급 경영 1년 계획 짜기에 대해 이야기해 보겠습니다.

학기 초에는 어떻게 공부하고 어떻게 지내야 하는지 이야기를 나누고 약속을 정하는 데 많은 시간이 필요합니다. 선생님이 먼저 아이들을 진심으로 존중하면서 아이들도 서로 존중하도록 가르치는 것이 중요합니다. 학교에서 보호받는다는 느낌을 가질 수 있도록 심리적으로도 물리적으로도 안전한 환경을 만들어야 합니다. 언제나 아이의 감정을 이해하고 공감하는 것부터 시작합니다. 선입견과 후광효과 없이 아이들을 바라보며, 고르게 사랑하는 것이 필요합니다. 학생과의 **긍정적인 관계**는 학생의 문제행동을 **50퍼센트 감소**시킵니다. 학부모와의 긍정적인 관계는 학부모의 관심과 격려를 불러와 학급 경영을 원활하게 해 줍니다. 학기 초 가장 중요한 것은 '관계'와 '일관성'입니다.

무엇을 배우고 어떤 일이 일어날 것인지를 학생들에게 정확하게 알려 줍니다. 자세하게 알려 주고 반복 또 반복하여 알려 줍니다. 아이들이 이해하기 쉽도록 **시범과 역할극, 행동 내레이션**을 통해 지도합니다. 명령하는 말보다는 청유하는 말, 권유하는 말로 이야기합니다. 전체 학생을 대상으로는 존대어로 말하며, '**우리**'라는 단어를 넣어 협력적인 관계를 만듭니다.

교사가 준비한 여러 가지 것들을 학생들이 익히고 안 좋은 습관을 버리기 위해서는 얼마간의 시간과 그 안에서 반복적인 연습이 필요합니다. 애프터 매들린 헌터는 새로운 것을 배우려고 하는 학생에게는 평균 **여덟 번** 반복해서 알려 줘야 한다고 합니다. 좋지 않은 태도를 버리고 새로운 태도로 대치하려고 하는 학생에게는 평균 **스물여덟 번** 반복해야 하는데, 스물여덟 번 중 스무 번은 예전의 좋지 않은 태도를 없애는 데 사용하고, 여덟 번은 새로운 태도를 배우는 데 사용한다고 합니다.

새로운 행동을 습관화하기 위해서는 교사의 설명, 학생들의 맥락적 연습 그리고 피드백과 강화의 과정이 필요합니다. 왜 이것이 필요한지에 대한 설명, 방법에 대한 설명을 한 후에 학생들의 수행에 대한 연습 기회를 제공합니다. 연습 과정이 맥락적이면 효과적입니다. 마지막으로 학생들의 수행에 대한 적절한 피드백으로 좋은 행동을 강화합니다.

2월의 알찬 준비가 서로를 알아 가는 3월의 만남을 성공적으로 여는 열쇠가 될 것입니다.

3월, 비교의 늪에 빠지면 곤란합니다. 작년 아이들과는 1년을 함께 지내어서 서로 눈빛만 봐도 압니다. 작년 아이들과 올해 아이들을 비교하지 말아야 할 것입니다.

3월이면 아이들을 만나고 학급 세우기 활동을 하면서 조금씩 친해지고 본격적인 수업을 합니다. 일상 수업을 단단하고 소중하게 만들어 가는 시기입니다. 사실 아이들과 만남에 있어서 수업만큼 중요한 것은 없습니다. 하루 최고 6시간에서 최소 3~4시간 아이들과 수업으로 만나는 만큼 수업에 대한 준비가 필요합니다.

수업은 누군가 항상 보고 있다는 생각과 마음으로 하면 좋습니다. 수업이 끝나고 마음이 무거울 때도 많이 있습니다. 내 마음의 문제일 수도 있고, 준비가 부족해서일 수도 있고, 생각지도 못한 일이 생길 수도 있습니다.

언젠가 교실에 벌이 들어왔습니다. 놀라서 소리 지르는 아이들 때문에 덩달아 당황하여 벌을 잡느라 10분의 시간을 허비했습니다. 지나고 보면 10분이 별것 아닐 수 있지만 수업을 준비한 입장에서 40분 중의 10분은 대단한 시간입니다. 그날 공부할 분량을 채우지 못할 가능성이 높으니까요. 수업을 해야 하는데 아이들이 꺄악꺄악 소리를 지르니 도저히 벌을 잡지 않고는 수업을 할 수 없는 상황이 되고 말았습니다. 아이들에게는 잠시 책을 읽으라 하고 벌을 잡기 시작했지만 아이들의 눈은 책보다는 벌을 잡는 나를 보는 것이 더 즐겁습니다. 선생님이 벌을 잡고 있는데 책을 읽는다? 불가능한 미션이지요. 항상 수업에는 변수가 있다는 점도 기억하면 좋겠습니다. 그리고 사실은 아이들이 아프지 않고 한 시간 수업을 잘했다는 것만으로도 고마운 일입니다.

간혹 연구 수업 공개를 준비하는 선생님 중에 평소에 하지 않는 활동을 준비하는 분을 만나기도 합니다. 일상 수업보다 더 잘하고 싶어서 이런저런 활동을 하려다가 준비한 것의 반도 채 못하고 마치는 경우를 보았습니다. 사실 연구 수업을 잘하려면 일상 수업이 단단해야 합니다. 아이들이 40분 안에 충분히 소화할 수 있는 분량의 수업을 준비해야 하는 것입니다.

내가 하고 싶은 수업을 여러 가지 도전해 봅니다. 실패할 수도 있겠지요. 그 실패를 거름 삼아 또 도전해 보는 겁니다. 이렇게 내공이 쌓이면 내가 하고 싶은 수업에 점점 가까이 가는 모습을 발견합니다. 일상 수업은 연구 수업처럼, 연구 수업은 일상 수업처럼 해 보는 겁니다.

같은 기쁨과 어려움을 겪는 든든한 동료

선생님은 어떤 사람의 곁에 있고 싶나요?

내 기억 속에 남은 선생님은 다른 사람을 배려하던 모습이 고스란히 남아 있는 분입니다. 교실에서 의자를 집어 던지던 폭력적인 성향의 아이를 맡겠다고 했던 정 선생님, 고학년을 맡고 있어서 당연히 가산점을 받을 수 있음에도 학교폭력 가산점을 양보했던 조 선생. 학교 체육관이 없던 시절, 몹시 더운 여름과 몹시 추운 겨울철 체육 수업이 만만치 않았던 그 시절에 기꺼이 학년 체육 전담을 맡아 주셨던 신 선생님, 학년말 교실 이사를 할 때 교실을 말끔하게 청소하고 이 교실을 사용하는 선생님에게 좋은 일만 있기를 바란다는 예쁜 엽서까지 쓰고 가신 강 선생님, 며칠간 수고해서 만든 학습 자료를 틈만 나면 동학년에 나누어 주던 권 선생님도 기억합니다. 결국 내 기억 속에 남는 사람은 다른 사람을 배려하거나 용기를 내어 아이를 감싸 안았던 분들입니다.

학교에서 하는 업무도 마찬가지입니다. 처음 발령받고 몇 년 동안은 학교에서도 큰 업무를 맡기진 않아요. 학급 담임으로서 학급 경영과 학습 지도에 더 많은 에너지를 써야 할 때니까요. 어느 정도 경력이 쌓이면 학교 안에서 비중 있는 업무를 맡게 됩니다. 학교 업무가 원활하게 잘 이루어지려면 누가 일을 가져가게 될까요? 일을 잘하는 사람, 일을 하려는 마음이 있는 사람에게 일이 주어집니다. 일을 다른 사람보다 더 많이 한다는 것은 선생님이 능력이 있다는 것을 인정해 주는 것이랍니다. 어쩌면 몸도 마음도 건강해서 일을 할 수 있음이 감사한 것입니다. 물론 불필요한 업무는 과감하게 없애고, 공정하지 못한 업무 배정은 하지 않아야겠지요.

어느 사회 어느 조직에서든 이타적인 사람이 존경받지요. 큰 업무를 맡아서 책임감 있게 꼼꼼하게 잘해내는 선생님이 참 고맙습니다.

기록과 기억

12월이 되면 나는 가족 사진첩을 만듭니다. 아이들이 어렸을 때에는 필름 카메라 시절이라 사진을 찍으면 대체로 바로 인화를 하였고, 그때그때 사진첩에 넣는 것이 가능했습니다. 그러다가 어느 순간 디지털카메라 시대를 거쳐 스마트폰이 일상화되면서 여간해서는 사진을 인화하는 일이 드물어졌습니다. 덩달아 사진첩 만드는 일도 소홀해졌습니다. 삭제된 기억처럼 파일로만 저장된 날들이 아쉬워 다시 일 년의 사진을 정리하기 시작했고, 이제는 루틴처럼 해마다 사진첩을 만듭니다.

한 달만 지나도 쌓이는 엄청난 사진들을 정리하는 데에도 시간이 꽤 걸립니다. 소중하게 찍은 사진이 정리되지 않은 채 사라지기도 하였습니다. 이제는 그 순간을 기억하고 싶다고 판단하면 몇 장이라도 찍어 둡니다. 그러곤 나중에 정리할 때를 생각해서 가장 의미 있는 사진 하나만 남기고 대체로 바로바로 삭제합니다. 월말이 되면 폴더에 사진을 옮겨 둡니다.

그렇게 일 년이 지나면 12개의 폴더가 만들어지고 인터

넷으로 사진집을 만들면 빠르면 2~3시간, 많이 걸려도 5시간 정도면 작업을 마칠 수 있습니다. 완벽을 기해서 날짜 순으로 꼼꼼하게 하고 싶은 마음이 있지만 그러기에는 시간이 아깝습니다. 굳이 그러지 않아도 될 것 같아 두루뭉술 월별 순으로 만들어 둡니다. 그것으로 충분한 것 같습니다.

개인 사진첩도 좋고 학급 사진첩도 좋습니다. 한 해를 정리하며 만드는 앨범은 스스로를 돌아보고 어떤 삶을 살았는지 성찰의 기회를 줄 것입니다. 12월이 지나가기 전에 내가 하는 일입니다. 이렇게 한 해의 마무리가 이루어집니다. 그리고 내 옆에는 두근두근 새 수첩이 기다리고 있습니다.

당연한 것은 없다

나는 나이 들어가는 내가 좋습니다. 머리가 희끗희끗해지는 내가 좋습니다. 주름이 생기고 일어날 때 가끔 '어구구구!'라는 소리를 내기도 하는데, 우습기도 합니다. 나보다 나이 많은 사람보다 나보다 어린 사람이 더 많은 세상이 좋습니다. 나는 곧 할머니가 되기를 희망합니다. 할머니가 되어서도 큰 배낭을 메고 여행을 다녀 볼 계획입니다. 나는 개를 무서워하니까 혼자 다니는 것은 좀 어렵습니다. 친구와 같이 가도 좋습니다. 지금 이 시간을 감사하게 즐기며 어느 날 갑자기 만나게 될 죽음을 맞이하고 싶습니다.

가까운 이를 떠나보내는 큰 상실의 경험을 여러 번 겪은 후에야 나는 삶을 조금 이해하게 됐습니다. 나의 아버지는 너무도 일찍 곁을 떠나셨습니다. 한 10년만 더 사셨더라면 하는 원통한 마음도 듭니다. 술을 조금만 덜 드셨으면 좋았을 것을, 속상합니다. 이후에 모든 죽음은 언제나 '갑자기' 다가온다는 것을 깨달았습니다. 우리는 모두 언젠가는 죽는다는 사실을 아무리 대비하고 준비해도 '갑자기' 온다는 것을 말입니다. 아무도 사랑하지 말자. 그러면 그 사람의 부재에 힘들지 않을 테니. 이렇게 생각한 적이 있었습니다. 그러나 세월이 지나면서 마음껏 사랑했다면 오히려 후회가 덜하다는 사실도 깨달았습니다. 그러니 마음껏 사랑하는 것이 삶과 죽음에 대한 최소한의 예의라는 생각도 듭니다.

메멘토 모리(Memento Mori) '자신의 죽음을 기억하라' 또는 '너는 반드시 죽는다는 것을 기억하라'를 뜻하는 라틴어입니다. 옛날 로마에서는 원정에서 승리를 거두고 개선하는 장군이 시가 행진을 할 때면 노예를 시켜 행렬 뒤에서 큰 소리로 '메멘토 모리!'를 외치게 했다고 합니다. '전쟁에서 승리했다고 너무 우쭐대지 말라. 오늘은 개선 장군이지만 너도 언젠가는 죽는다. 그러니 겸손하게 행동하라.' 이런 의미에서 생겨난 풍습이라고 합니다. 누구든 태어나는 순간부터 죽음으로부터 자유롭지 못합니다. 누구나 죽습니다. 죽음은 언제나 우리 곁에 있습니다.

태백시 장성 탄광촌에서 나고 자란 나는 '오늘도 무사

히'라는 문구가 적힌, 기도하는 아이 그림이 담긴 포스터를 선명하게 기억합니다. 둘째 큰아버지도 사고로 돌아가셨고, 셋째 큰아버지는 진폐증을 오래도록 앓다 돌아가셨습니다. 초등학교 6학년 때 탄광에 아주 큰 사고가 났습니다. 우리 교실에도 사고가 났다는 소식이 전해지면서 반 아이들이 울기 시작하였습니다. 모두 아빠가 무사하기를 바라고 또 바랐습니다. 시간이 지나 사고가 난 곳이 어느 갱이라는 소식이 다시 들려왔습니다. 그 순간 나는 기묘한 경험을 했습니다. 사고 난 갱에 아빠가 있는 아이들은 여전히 두려움에 울었지만 나머지 아이들은 울음을 멈추었던 것입니다. 그 설명할 수 없는 슬픔의 교실을 아마 나는 평생 잊지 못할 것입니다.

간밤의 사고로 누군가는 운명을 달리합니다. 오늘 살아남은 우리는 살아 있다는 기적을 경험하고 있습니다. 수많은 죽음을 목도하면서 삶과 죽음에 대해 생각하는 시간도 많아집니다. 나이가 든다는 것은 좋은 일입니다. 막연했던 죽음에 대한 두려움이 내 삶 가까이 오고, 처음 가까운 이의 죽음을 경험할 때만큼 처절한 아픔을 겪지는 않을 테니까요. 산 사람은 살게 된다는 말을 삶으로 깨닫게 되니까요. 평지풍파를 겪으며 단련된 몸과 마음이 반갑습니다. 나이가 들면서 절로 삶의 경험과 결합한 이 단순한 진리가 나를 바로잡아 줍니다. 아이들을 더 많이 이해하게 됩니다. 당연하게 생각하는 일상이 사실은 당연한 것이 아니라는 것을 깨닫는 데는 오래 걸리지 않았습니다. 코로나19로 극심한 어려움을 겪은 전 세계의 사람들이 함께 경험하고 깨닫게 된 생각이기도 합니다.

이 세상 모든 물질은 원자로 이루어져 있습니다. 주변의 모든 것은 어쩌면 죽음투성이. 책상도 의자도 컴퓨터도. 인간과 같은 생명체가 오히려 신기합니다. 내 곁을 떠나간 많은 이들은 원자의 형태로 바뀌어 어딘가에 존재할 것입니다. 태양계 밖의 가장 가까운 항성도 빛의 속도로 3년을 가야 한다고 합니다. 거대한 우주의 크기에 비하면 이 작은 생명체들이 참 대단하고 신기합니다. 거대한 시공간에 비하면 이 인생의 길이는 참 짧을 것입니다.

이 세상에 당연한 것은 없습니다.

몸으로 하는 공부, 용감한 여행

소심한 내가 갑자기 용감해지는 순간이 있습니다. 그것은 지금 하지 않으면 이 일을 영영 못 해 볼 것 같은 생각이 드는 그 순간입니다. 그때 나는 불현듯 용감해집니다.

'용감'했던 일 하나는 2000년 겨울에 떠난 유럽 배낭여행이었습니다. 대학원 조소 수업 중에 바티칸의 천장 벽화를 보며 눈물을 흘렸다는 교수님의 이야기를 들으며 나도 그 감동을 느껴 보고 싶었습니다. 파트라슈의 이야기를 들으며 루벤스의 그림이 얼마나 멋졌으면 눈물을 흘릴까, 상상해 보곤 했었지요. 런던의 박물관, 파리의 루브르, 오르세, 퐁피두, 로마의 바티칸 등 미술관 여행을 단행하기로 한 것입니다. 과연 실제 원화의 느낌은 책으로 보는 것과 차원이 달랐습니다.

그림이나 조각 같은 예술 작품에만 국한되는 게 아니었습니다. 수많은 영화 속에 등장한 길들도 걸어 보았습니다. 오며가며 바라본 에펠탑은 아마도 지구상에서 가장 자주 등장하는 랜드마크일 것입니다. 책이나 영화로 보는 것 이상으로 몸으로 경험하는 것의 재미는 대단합니다.

오감을 이용하는 것이니까요. 몸으로 하는 공부로 단단해진 선생님은 아이들에게 높고 넓고 풍부한 경험을 전파하는 이야기꾼이 될 수 있을 것입니다. 초등학교 시절 '홍도'를 다녀온 선생님이 그곳을 묘사하던 수업 시간을 잊지 못합니다. 나도 언젠가 홍도 여행을 해 보고 싶다는 꿈을 가졌었지요. 아쉽게도 아직 가 보지 못했습니다만.

아이들에게 다양한 기회를 알려 주는 것. 그것을 위해 여행을 권해 드립니다. 우리나라 곳곳은 물론 외국의 배낭여행도 꼭 시도해 보았으면 합니다. 조선시대에도 우리나라 곳곳을 여행하며 쓴 글이 많이 남아 있습니다. 유럽의 중세시대에도 자녀의 여행을 큰 교육으로 여기곤 했습니다. 정보통신의 발달로 소소한 정보까지 알 수 있는 지금은 여행을 다니기에 훨씬 좋은 조건이 되었습니다.

조금 염려되는 건 탄소 배출에 일정한 기여를 하는 건 아닌가 하는 죄책감입니다. 나는 환경을 위하여 옷을 덜 사기로 결심했습니다. 음식도 덜 먹기로 하였습니다. 종이컵과 일회용품을 덜 사용하기로 했습니다(간혹 쓸 때도 있습니다). 지구의 환경을 위해서 덜 움직이면 좋겠지만, 그렇게 생각의 꼬리를 물다 보면 인간의 생존 자체가 위험합니다. 그렇게 죄책감을 갖고 살 일은 아닙니다. 다만 내가 처한 상황 안에서 스스로 할 수 있는 일만큼 조금씩 실천하는 것이 옳겠지요.

여행은 물리적인 여행과 상상의 여행을 포함하고 있습니다. 물리적인 여행의 가장 기본은 걸어 다니는 우리 마을 여행입니다. 걸어 다니면 풍경들을 낱낱이 볼 수 있습니다. 여기에서 눈을 더 확장하여 우리나라, 외국으로 넓혀 가는 겁니다. 낯선 풍경을 보는 경험을 통해 세상 보는 눈을 넓히고, 삶에 대한 이해를 넓히면서 교사로서의 소양을 쌓아 가는 것입니다.

하필

여느 때와 같이 출근을 하려는데 내 차 앞에 다른 차가 주차되어 있습니다. 사이드 브레이크도 당겨 두어 차를 밀어도 꼼짝하지 않습니다. 전화 연락을 했지만 연락을 받지 않습니다. 수차례 시도 끝에 겨우 연락이 되어 가까스로 출근을 했는데 5분 지각했습니다. 나는 내가 이해가 됩니다. 그렇지만 다른 사람 눈에 나는 5분 지각한 사람입니다. 5분 지각한 사람으로만 받아들이면 다행입니다. 업무 처리도 못하면서 5분씩이나 지각한 사람으로 확대 해석하거나 편견이나 확증편향을 갖고 깎아내리기 시작하면 억울해지기 시작합니다.

하필 그럴 때가 있습니다. 누구나 '하필'이라는 지점이 있습니다.

탁구장에서 탁구 연습을 하는 도중 레슨 차례가 되었습니다. 내 차례가 되면 미리 탁구공을 주우며 차례를 기다립니다. 그런데 그날은 다른 사람과 연습을 하느라 내 차례가 가까워진 줄을 몰랐습니다. 늦어서 미안한 마음에 서둘러 공을 몇 개 주웠습니다. 그때 옆에 있던 코치가 한

마디 하였습니다.

"레슨 순서가 되면 미리 와서 공을 주워야 해요."

잘 알고 있고 평소에는 그렇게 해 왔는데, 하필 이날만 늦은 내가 조금 억울했습니다.

"평소에는 제가 잘 줍는데 하필 오늘 처음으로 늦은 날 야단을 맞네요."

갑자기 배가 아파 화장실에 간 사이에 교장 선생님이 교실 앞을 지나갈 수도 있습니다. 교장 선생님 눈에는 교실을 비운 선생님이 될 수 있습니다. 중요한 연락을 받아야 하는데 휴대전화를 두고 오는 날도 있습니다. 출장을 가야 하는데 이중 주차 때문에 시간이 지연될 때도 있습니다. 전 직원 회의가 있는 날 급하게 부모님을 모시고 병원에 가야 할 때도 있습니다.

우리의 삶은 하필의 연속입니다. 사실, 한두 가지 일이 겹치는 것은 기본이고, 서너 가지 일이 겹치는 것도 다반사입니다.

나에게만 하필의 순간이 있을 거라고는 생각하지 않을

것입니다. 다른 사람에게도 하필의 순간이 있습니다. 출근 시간을 넘겨 들어오는 사람을 보며 오늘 하필 무슨 일이 생겼구나 믿어 주는 것처럼 말입니다.

이런 관점이라면 오히려 나 스스로에게 엄격하고 다른 사람에게 너그러워야 공정합니다. 내 행동의 근거는 나의 생각 회로를 통하여 저절로 이해가 됩니다. 나만큼 내 행동의 맥락을 잘 꿰뚫는 사람이 없으므로 어떤 복잡한 장면도 나에 대한 것은 저절로 관대해집니다. 그렇기에 다른 이에게 너그럽고 스스로에게 엄격해야 삶은 좀 더 공정해집니다.

우리 아이들이 책을 좋아하면 참 좋겠네

우리 아이들이 책을 좋아하면 참 좋겠습니다. 책을 읽다가 그만 밥 먹는 시간도 잊거나 책을 읽다가 학원 가는 시간도 놓쳐 보면 좋겠습니다. 엄마가 '책 좀 그만 읽어라' 아이를 말리면 아이는 엄마 몰래 다시 그 책을 찾아 읽으면 좋겠습니다. 읽고 또 읽어서 책이 너덜너덜해지면 좋겠습니다.

가난한 옛날에는 그랬습니다. 책이 귀해서 읽은 책을 여러 번 읽었고, 책이 많은 친구 집의 계몽사 세계 명작을 부러워하기도 했습니다. '전기세 많이 나온다. 불 꺼라!' 전기요금 걱정에 부모님은 책을 못 보게 하셨지요.

세상이 좋아졌습니다. 좋은 책이 정말 많이 나옵니다. 마음만 먹으면 언제 어디서라도 볼 수 있고 들을 수 있습니다. 이런 행복의 시대를 아이들이 마음껏 누리며 살면 좋겠는데. 아뿔싸! 책 읽기가 싫답니다. 이 좋은 책의 세계에 별로 흥미를 느끼지 않는 아이들이 많습니다. 그 무엇이건 강제할 순 없습니다. 저마다의 이유가 있고 취향이 있기 때문입니다. 그런데 아이들은 다릅니다. 어른이 환경을 어떻게 조성하느냐에 따라 방향이 달라질 수 있기 때문이고, 지금은 공부하는 시기이기 때문에 '책'만큼은 소중하게 접근해야 합니다. 흔히 '시간'이 없다고 말합니다. 시간 도둑이 나타난 것 같습니다. 초등학교의 공부는 책 읽기가 전부라서 학교에서는 다양한 방법으로 책 읽기를 함께합니다.

아이들이 책을 접하게 하는 가장 뛰어난 방법은 '읽어주기'입니다. 교사가 아이들에게 책을 읽어 주면 저학년 고학년 가릴 것 없이 모두 좋아합니다. 책을 읽어 주면서 아이들의 표정을 살펴봅니다. 이야기 장면에 따라 표정이 풍부하게 변하는 아이를 보면 장면을 상상하면서 잘 듣고 있다는 느낌이 들지만, 무표정인 아이들을 보면 잘 듣고 있는지 조바심이 생기기도 합니다. 아이들이 책을 읽으면서 건성으로만 읽었는지 독해까지 되었는지 염려가 되어 질문을 합니다. 때로는 주인공의 감정에 공감하고 자신의 삶과 비교하며 읽었는지, 지은이가 하려는 말을 잘 알아차리는지, 내용을 잘 요약할 수 있는지도 궁금합니다. 질문하고 이야기 나누고 표현해 보면서 한 권의 책을 꼭꼭 씹어서 잘 소화시키도록 도와줍니다. 학교에서 하고 있는 일들입니다.

여유로운 독자가 되어 책을 즐기면 좋겠지만, 다양한 수준과 요구를 지닌 아이들을 만날 때는 고려해야 할 것이 많습니다. 같은 학년의 아이들이지만 책을 읽는 수준은 정말 다릅니다. 많이 읽은 아이는 더 수준 높은 책을 읽게 되니 어휘력과 지식 수준도 높아지며, 감성과 공감 능력, 호기심도 점점 높아집니다. 좋아하니 많이 읽고, 많이 읽으니 더 좋아하게 됩니다. '마태의 법칙'입니다. 반대로 책을 좋아하지 않으면 읽지 않게 되고 어휘력도 낮아지고 읽어도 모르니 책을 더욱 멀리하게 됩니다. 이 경우가 걱정입니다. 다양한 콘텐츠를 접할 기회가 많은 시대이지만 그래도 여전히 핵심 자료는 텍스트로 되어 있고, 책을 즐겨 보지 않는 아이는 어떤 공부를 하든 버거울 것입니다. 책을 좋아할 수 있도록 갖가지 노력과 방법을 동원하고 있습니다. 우리 아이들이 책을 좋아하는 평생 독자가 되기를 소망하는 마음으로 우리는 매일 학교에서 아이들을 만납니다.

그림에도 불구하고,
지금 바로 이곳에서

간혹 삶에 지쳐 힘들 때에는 영화 〈그래비티〉(알폰소 쿠아론 감독)의 한 장면을 떠올립니다. 삶에 지친 산드라 블록은 우주선을 정비하는 도중 사고를 당합니다. 산드라 블록(라이언 스톤 역)은 우주 공간에서 가까운 동료도 잃고 혼자서 우주 공간을 떠돌게 되었습니다. 그녀는 우주 공간을 떠돌면서 많은 생각을 합니다. 지구로 무사히 착륙해야 하는 생존 앞에서 싱글 맘으로 살아가는 자신의 어려운 처지 따위는 별 문제가 아니게 됩니다. 산드라 블록이 지구의 바다 위에 착륙하여 해안가 모래를 밟은 순간을 기억합니다. 마치 내가 모래를 밟고 있는 듯, 부드럽고 안심이 되는 땅이라는 물질을 만납니다. 아마 산드라 블록은 지구에서의 삶을 완전히 새롭게 시작할 수 있을 것입니다.

우리 반 아이들은 내가 가장 잘 압니다. 옆 반 선생님보다도 경력이 오랜 선생님보다도 교장, 교감 선생님보다도 내가 더 잘 압니다. 아이들과 함께 가장 많이 웃고, 가장 많이 보살핌을 주며, 가장 많은 시간을 함께 보냅니다. 누가 뭐라고 하여도 내가 이 교실의 교육 전문가입니다.

선생님은 모든 활동을 아이들로부터 출발합니다. 민수가 이 내용을 잘 이해할까? 은빈이는 이 활동을 좋아할 거야. 규태가 주도적으로 하면 이 수업은 잘될 것 같은데…….

이런저런 매일의 고민이 바로 교육 전문가의 고민인 동시에 행복입니다. 우리가 발 딛고 있는 바로 이곳에서 치열하게 고민하시고, 늘 행복하시길 바랍니다.

일상에서 가장 빛나는 때는 교사와 아이들의 친밀한 관계 속에서 행복한 배움의 경험이 일어나는 순간입니다. 이 순간순간이 하루가 되고, 이것이 삶이 됩니다.

긍정심리학, 긍정훈육, 하브루타(chavruta), 배움의 공동체, 거꾸로 수업, 회복탄력성, 뇌교육, 행복수업. 최근 교육 현장에서 많은 회자되는 용어와 그 내용을 찬찬히 들여다보면 예전에도 중요하게 생각했던 것을 시대에 맞게 아주 살짝 바꾸어 새롭게 옷을 입혀 보여 주는 것이 많습니다. 교육의 본질은 바뀌지 않기 때문입니다. 사회 변화와 교육에 대한 고민이 다양한 교육의 관점과 방법을 가져왔습니다. 새로운 것이 등장하였다고 숙제처럼 바라볼 것이 아니라 그 방법을 시작한 학자의 열정과 철학을 더 깊이 생각해야 할 일입니다.

그 방법이나 내용이 나의 철학, 그리고 아이들의 흥미와 실천 가능성에 맞닿아 있다면 충분히 시도해 볼 만한 것입니다. 스피노자는 '자신이 할 수 없다고 생각하는 동안은, 사실은 그 일을 하기 싫다고 다짐하고 있는 것이다. 그러므로 그 일은 실행되지 않는 것이다.'라고 하였습니다. 우리가 접근 프레임을 쓰느냐, 회피 프레임을 쓰느냐에 따라 그 열정이 달라질 수 있을 것입니다. 삶의 빛나는 순간들을 향하여 '그럼에도 불구하고' 살아내는 모든 사람에게 박수를 보냅니다.

지금 바로 이곳에서 매일매일 최선을 다하는 모든 선생님께 존경의 마음을 보냅니다.

에필로그

오늘도 좋은 어른이 되기 위해
노력하는 사람들에 대한 헌사

선생님~ 수업 감사히 잘 봤어요.

감동적인 수업이라는 게 이런 건가 봐요. 저도 모르게 마지막에 울컥해서 선생님 제대로 못 뵙고 내려왔네요.

매 순간 아이들을 존중하고 배려하며 수업하시는 선생님께 존경하는 마음을 전하고 싶고, 즐겁게 몰입해서 수업에 임하는 아이들에게도 감사한 마음이 듭니다.

수업 곳곳에서 선생님께서 고민하신 흔적과 노력이 보여서 많은 것을 배웠습니다. 감사해요.

2019. 5. 19 수업을 마치고 K 선생님이 보낸 쪽지

늘 걱정과 고민을 안고 사는 나에게 도리어 동료 선생님들은 위로와 격려를 해 줍니다. 위대한 스승일수록 가르친다는 일에 대해 두려움을 지니고 있다는 말은 위안 아닌 위안입니다. 두려움의 외피를 입은 교사로서의 정체성, 성실함, 책임감이라고도 할 수 있습니다. 가르치고 배우는 일은 모두 두려운 일입니다.

벌써 20년 전의 일입니다. 6학년 경민이의 담임으로 있

을 때입니다. 경민이는 부모님 이혼으로 마음을 잡지 못했습니다. 학교도 자꾸 결석하고, 학교에 온 날은 수업을 방해하였습니다. 경민이를 볼 때마다 마음이 아팠지만 방해하는 정도가 심해졌을 때에는 화를 참을 수 없었습니다.

"그렇게 행동할 거면 집에 가!"

나의 고함에 경민이는 가방을 들고 복도로 나갔습니다.

순간, 나는 큰일이라고 생각하여 얼른 경민이를 붙잡았습니다. 나보다 키도 훨씬 크고 덩치도 컸던 경민이의 가방을 빼앗아 교실로 던져 넣고, 집으로 가겠다는 경민이를 혼신의 힘으로 제압하여 교실로 다시 데려갔습니다. 흡사 레슬링을 하는 것 같았습니다.

그 뒤로 소문은 이상하게 났습니다.

"우리 선생님이 경민이를 이겼다!"

나는 어쩌면 경민이가 져 준 것일 수 있겠다는 생각을 해 봅니다. 어찌 되었건 이 일을 계기로 진짜 '힘'의 중요함을 깨닫고, 운동을 꾸준히 하였습니다.

복지관 형들에게 맞은 우리 반 규철의 어머니는 새 남

자친구를 데리고 와서 교문 앞에서 나를 보자고 하였습니다. 규철이 어머니는 규철이와 따로 살면서 어쩌다 가끔 규철이를 만나러 왔습니다. 나는 벌벌 떨면서 교문 앞으로 나갔습니다. 복지관 선생님도 나오셨습니다. 어머니와 그 남자친구 분은 아이를 제대로 돌보지 않아서 아이가 맞은 것 아니냐며 큰소리를 쳤습니다. 복지관 선생님은 자초지종을 설명하였습니다. 나는 벌벌 떠느라 무슨 말을 했는지 기억도 나지 않습니다. 알코올 중독인 아버지는 수시로 아이를 때렸습니다. 지금이라면 아동학대로 모두 신고당할 사람들입니다. 그 착하디착한 아이가 차라리 아버지가 죽으면 좋겠다고 했을 때 내 마음은 정말 고통스러웠습니다. 경민이는 그리고 규철이는 지금 어떤 어른이 되었을까요?

평범하고 소소한 글입니다. 공감하며 고개를 끄덕여 주는 선생님이 있다면 나는 그것으로 충분한 기쁨입니다. 힘들었던 하루를 잘 버틴 스스로를 위로하면서 다시 아이들 옆에 힘을 내어 서 있겠지요?

아이들을 사랑하며 수업을 고민하며 살아가는 일이 힘들지만 행복한 일임을 압니다.

오늘도 아이들 옆에 서 있는 선생님, 정말 고맙습니다.

참고 문헌

무코야마 요이치, 『아이들이 열중하는 수업에는 법칙이 있다』, 즐거운학교, 2015.

백설아 외, 『책 연극 행복한 수업』, 정인출판사, 2021.

양경윤, 『한 줄의 기적 감사일기』, 쌤앤파커스, 2014.

이성우, 『교사가 교사에게』, 우리교육, 2015.

최성애, 『나와 우리 아이를 살리는 회복탄력성』, 해냄, 2014.

최인철, 『프레임』, 21세기북스, 2016.

최재천·안희경, 『최재천의 공부』, 김영사, 2022.

하임 G. 기너트 외, 『교사와 학생 사이』, 양철북, 2004.

허승환, 『허쌤의 학급경영 코칭』, 즐거운학교, 2015.

떠드니까 아이다

2023년 1월 5일 1판 1쇄 펴냄
2024년 5월 9일 1판 3쇄 펴냄

지은이　백설아
펴낸이　김성규
편집　　김안녕 김도현
디자인　신아영 김동선
펴낸곳　걷는사람
주소　　서울특별시 마포구 월드컵로 16길 51 서교자이빌 304호
전화　　02 323 2602
팩스　　02 323 2603
등록　　2016년 11월 18일 제25100-2016-000083호
ISBN　　979-11-92333-55-7

　　　　979-11-89128-13-5 [04800] 세트